김연수 서화집  글과 그림 사이 · 끊임없는 여행

KB191704

김연수 서화집

✏ 글과 그림 사이 -끊임없는 여행

초판 1쇄 발행 · 2024년 10월 18일

지은이 · 김연수

펴낸이 · 최성훈

펴낸곳 · 작품미디어

신고번호 · 제2020-000047호

주소 · 서울시 동작구 상도로 62가길 15-5(상도동)

메일 · jakpoommedia@gmail.com

블로그 · https://blog.naver.com/cshbulldog

전화 · 010-8991-1060

ISBN · 979-11-975634-9-2 (03810)

ⓒ 김연수, 2024

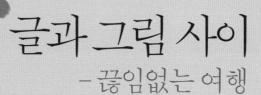

글과 그림 사이
- 끊임없는 여행

김연수 서화집

작품미디어

다시 한 번 책을 써야겠다는 생각을 잃지 않게 해 준 분이 있습니다. 그는 저의 보이지 않는 멘토입니다. 그는 역사의 시간에 새겨진 수많은 명언과 격언을 읽고 마음을 다스릴 것을 귀띔했습니다. 그렇게 그의 조언을 따라 명언과 격언을 다시 읽어가면서 저의 마음에는 다시금 긍정의 푸른 새싹들이 조금씩 자라날 수 있었습니다.

부끄러움을 무릅쓰고 시화집을 낸 이후에 한동안 미로에 든 것 같은 기분에 사로잡혀 있었습니다. 미로는 길이 없어서 복잡한 곳이 아니라, 길들이 너무나 많아서 아득해지는 곳이라고 생각합니다. 어쩌면 그렇게 너무나 많은 길들 위에서 조바심 내면서 저는 배회하고 있었는지도 모르겠습니다. 프랑스의 어떤 철학자는 "너무 많은 빛은 정신을 어둡게 한다."라고 말했다지요. 환하게 눈앞에 쏟아져 내리던 강한 빛살 아래서 정신을 잃은 것인지도 모릅니다. 이제, 그런 배회에 마침표를 찍고, 저의 내면을 다시 응시하고자 합니다.

지나간 시간 위에 서 있는 명언과 격언들은 당대의 상황을 이해하지 않으면, 우리가 살고 있는 오늘의 시간 위에 제대로 세울 수 없는 내용들일 수 있습니다. 그러나 시간이란 불꽃 속에서 남금질하면서 살아남아 지금의 우리에게 전해진 명언과 격언들에는 시대를 뛰어넘는 보편적 정신이 내

재해 있는 것도 틀림없습니다. 그렇기에 새겨듣고 마음에 하나둘 단단하게 세워두면 방황하고 배회하는 우리의 내면을 붙들어줄 수 있는 척도가 될 수도 있습니다.

이번 서화집(書畫集)의 제목을 '글과 그림 사이'라고 정했습니다. 우리가 살고 있는 집의 문이 모티프가 되었습니다. 문틀의 사전적 풀이는 "창문이나 문짝을 달거나 끼울 수 있도록 문의 양옆과 위아래에 이어 댄 테두리"입니다. 문은 안과 밖, 우리의 내면과 외부 세계를 연결하는 접점입니다. 이 문을 유지하는 게 바로 '문틀'인 것이죠. 문틀이 제대로 자리 잡고 있어야 안과 밖이 서로 교통하고 소통하는 문도 자기 역할을 할 수 있다고 생각합니다.

또한, 문틀은 내적인 것을 외부로 표출하는 자기 역할도 합니다. 71편의 명언과 격언을 불러와 문틀에 전서체(篆書體)로 새겨 넣는 작업을 했습니다. 이 책에 소개한 글들은 동양 고전에서 가져온 것이지만, 모두가 제 마음에 와 닿아 마음에 어떤 무늬를 만들어낸 것들이기도 합니다. 아무쪼록 이 책을 선택한 독자들의 마음에도 함께 닿아 든든한 좌표가 될 수 있기를 바랍니다.

　71편의 문틀 글에 이어 72편의 서정적 풍경을 담은 그림(구상, 비구상)도 함께 담았습니다. 어린 시절, 가을이 되면 저희 부모님께서는 문틀에 새로 창호지를 바르시곤 했습니다. 한해를 지나온 닳고 헤진 창호지를 물기를 먹여 떼어내고 그 자리에 구김 없는 한지(韓紙)를 입혀가시던 두 분의 모습이 마치 어제의 모습인 양 생생합니다. 그런 생생함을 마음에 담아두고 싶어 그림에 매달렸습니다.

　기억 속을 함께 건너는 풍경들, 예컨대 고향집, 고향길, 기다림, 기쁨, 나들이, 노을 같은 추억의 시공간을 담고, 여기에 짧은 감상을 덧붙였습니다. 물론, 이것은 작가이자 저자인 저의 목소리지만 분명 독자 여러분께도 또 다른 기억을 소환하는 이미지와 글이 될 수 있을 것입니다. 하나의 기억과 이미지가 거울처럼 일대일의 어떤 해석을 가져온다고는 생각하지 않습니다. 똑같은 기억도 그 기억을 간직한 이들에 의해 다양한 변주를 보이게 될 것입니다. 저마다의 경험이 다르기 때문이죠.

　그래서 저는 이번 책을 내면서 저만의 목소리를 내기보다는, 메아리처럼 다른 목소리들이 상호작용하면서 책의 여백을 채워가길 기대했습니다. 독자 여러분이 본인의 해석과 이야기를 남겨놓을 수 있게 구성한 것이죠. 저의 정신적 양식이 된 수많은 명언과 격언들, 그리고 기억 속에서 환하게 빛나고 있는 장소들과 그것들이 만들어낸 주관적 느낌의 비구상 작품들을 어딘가에서 마주하게 될 독자 여러분께서는 여러분의 이야기로 채워주셨으면 합니다.

처음 시작할 때는 저의 작업이라고 생각했는데, 책의 모습이 갖춰진 지금, 그런 생각이 잘못된 것임을 깨달았습니다. 책의 부제를 '끊임없는 여행'이라고 했는데, 여행의 주체는 저 자신이기도 하고, 또 바로 여러분이기도 하다는 걸 알게 됐습니다. 부디, 함께 즐거운 여행길에 오를 수 있으면 좋겠습니다.

김연수

차례

들어가며   4

제1부   문틀에 새긴 글

罔不在厥初生 · 망부재궐초생   16

忿思難 · 분사난   18

古人之德 · 고인지덕   20

見利而忘其眞 · 견리이망기진   22

懷德維寧 · 회덕유녕   24

淸樂 · 청락   26

仰福 · 앙복   28

松雲 · 송운   30

知過必改 · 지과필개   32

巨福 · 거복   34

手中慧 · 수중혜   36

敎學相長 · 교학상장   38

知者不惑 · 지자불혹   40

信愛忍和 · 신애인화   42

爲學日益 · 위학일익   44

無何有之鄕 · 무하유지향   46

有志者事意成 · 유지자사의성   48

日月逝矣歲不我延 · 일월서의세불아연   50

人生草路 · 인생초로   52

世譽不足慕 · 세예부족모   54

道生於安靜 · 도생어안정   56

韋編三絕 · 위편삼절   58

壽福康寧 · 수복강녕   60

日新 · 일신   62

傳不習乎 · 전불습호   64

心安如海 · 심안여해   66

習與性成 · 습여성성   68

知足常樂 · 지족상락   70

心爲法本 · 심위법본   72

惜福不惜拜 · 석복불석배   74

犬不以善吠爲良 · 견불이선폐위량   76

爲善最樂 · 위선최락   78

攻其惡無政人之惡 · 공기악무정인지악   80

擊大事必愼其終始 · 격대사필신기종시   82

鈍筆勝聰 · 둔필승총   84

同接無文章 · 동접무문장   86

圖難於其易 · 도난어기이   88

水滴穿石 · 수적천석   90

久生止鳥帶篆 · 구생지조대전   92

丹止所藏者赤 · 단지소장자적   94

春不耕種秋後悔 · 춘불경종추후회   96

登泰山而小天下 · 등태산이소천하   98

盡人事待天命 · 진인사대천명　　　　　　100

愚公移山 · 우공이산　　　　　　　　　102

愼終于始 · 신종우시　　　　　　　　　104

五行無上勝 · 오행무상승　　　　　　　106

上善若水 · 상선약수　　　　　　　　　108

行遠必自邇 · 행원필자이　　　　　　　110

知人者智自知者明 · 지인자지자지자명　112

得道多助失道寡助 · 득도다조실도과조　114

唯天下至誠爲能化 · 유천하지성위능화　116

潛龍勿用 · 잠룡물용　　　　　　　　　118

人盡樂 · 인진락　　　　　　　　　　　120

休氣 · 휴기　　　　　　　　　　　　　122

受厚福 · 수후복　　　　　　　　　　　124

萬祥必臻 · 만상필진　　　　　　　　　126

天眞 · 천진　　　　　　　　　　　　　128

順天道 · 순천도　　　　　　　　　　　130

溫故知新 · 온고지신　　　　　　　　　132

讀書尙友 · 독서상우　　　　　　　　　134

捨短取長 · 사단취장　　　　　　　　　136

龍飛 · 용비　　　　　　　　　　　　　138

和致芳 · 화치방　　　　　　　　　　　140

訥言敏行 · 눌언민행　　　　　　　　　142

自彊不息 · 자강불식　　　　　　　　　144

中立不倚 · 중립불의　　　　　　　　　146

空行空返 · 공행공반　　　　　　　　　148

遠禍召福 · 원화소복　　　　　　　150

初心 · 초심　　　　　　　　　　152

任重道遠 · 임중도원　　　　　　154

明若觀火 · 명약관화　　　　　　156

제2부　　　　　마음에 새긴 그림

강한 삶　　　　　　　　　　　160

겸손　　　　　　　　　　　　162

경쟁　　　　　　　　　　　　164

고결　　　　　　　　　　　　166

고독 • 1　　　　　　　　　　168

고독 • 2　　　　　　　　　　170

고백　　　　　　　　　　　　172

고요함　　　　　　　　　　　174

고향길　　　　　　　　　　　176

고향집　　　　　　　　　　　178

공존　　　　　　　　　　　　180

기다림　　　　　　　　　　　182

기쁨　　　　　　　　　　　　184

기품　　　　　　　　　　　　186

꽃비　　　　　　　　　　　　188

꿈과 현실　　　　　　　　　　190

나들이 192

노을 194

다정 196

달콤한 사랑 198

덧없는 사랑 200

동경 202

동고동락 204

동면의 길 206

동행 208

만남 210

명랑과 쾌활 212

명예 214

무지갯빛 숲속 216

무한 행복 218

부귀 220

서리꽃 222

수줍음 224

순수 226

쉼터로 가는 길 228

신념 230

아늑함 232

아름다운 숲 • 1 234

아름다운 숲 • 2 236

아름다움 238

안락함 240

애정　　　　　　　　　　　　242

어둠 속에 빛남　　　　　　　244

여유　　　　　　　　　　　　246

영원한 사랑　　　　　　　　248

우아함　　　　　　　　　　　250

일편단심　　　　　　　　　　252

자연의 신비　　　　　　　　254

잔잔한 호수　　　　　　　　256

제주 여행　　　　　　　　　258

찬란한 빛　　　　　　　　　260

첫눈　　　　　　　　　　　　262

초여름　　　　　　　　　　　264

초저녁 신비　　　　　　　　266

추억과 낭만　　　　　　　　268

침묵 • 1　　　　　　　　　　270

침묵 • 2　　　　　　　　　　272

투쟁　　　　　　　　　　　　274

평안　　　　　　　　　　　　276

풍성　　　　　　　　　　　　278

한가로움　　　　　　　　　　280

행복한 사랑　　　　　　　　282

행운　　　　　　　　　　　　284

행운과 함께　　　　　　　　286

환영　　　　　　　　　　　　288

환희　　　　　　　　　　　　290

희로애락   292

희망 · 1   294

희망 · 2   296

희망의 숲   298

희망의 시작   300

힘차게 시작   302

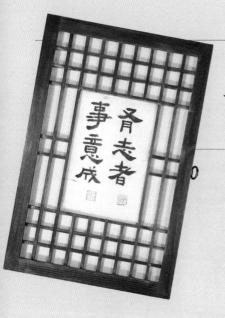

문틀에 새긴 글

제1부

罔不在厥初生·망부재궐초생

처음부터 시작을 잘해야 한다. _서경(書經)

:

『서경(書經)』「주서(周書)」낙고(洛誥) 편에 나온 구절로, 주공이 은나라 성왕에게 덕으로 백성을 다스려야 한다고 고언하는 내용이다. 사실 이 말은 중종 때 홍문관 직제학 이세인이 사찰 건립 반대 차자를 올리면서 인용한 글이기도 하다. 『조선왕조실록』'중종실록' 2권에 다음과 같이 기록돼 있다.

"『서경』에 '若生子罔不在厥初生(약생자망부재궐초생, 아들을 낳으면 처음부터 시작을 잘해야 한다)'이라고 하였습니다. 전하께서는 새로이 대명(大命)을 세우니, 이는 바로 천심(天心)과 인심(人心)이 가고 오는 때이고 사도(邪道)와 정도가 사라지고 자라나는 계기인 것입니다. 항상 조심하고 공경하여 한결같이 정도를 좇아 중흥의 정치를 도모하여야 할 것인데, 도리어 이적(夷狄)의 허망한 교에 급급하여 그것으로써 초기 정사의 급선무로 삼으시겠습니까?"

忿思難·분사난

화가 날 때는 (화를 절제하지 못했을 때의) 어려움을 생각하라. **_논어(論語)**

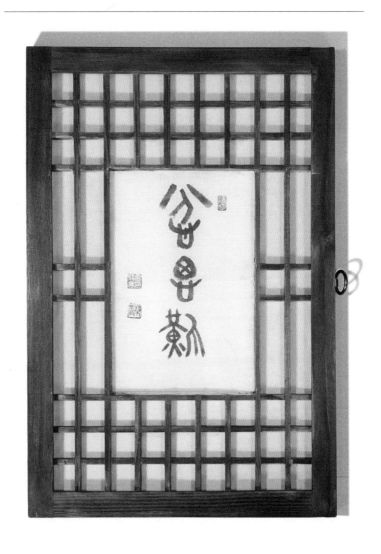

:

『논어(論語)』「계씨」는 군자로서 생각해야 하는 아홉 가지(君子有九思)를 언급하고 있다. "君子有九思 視思明 聽思聰 色思溫 貌思恭 言思忠 事思敬 疑思問 忿思難 見得思義(군자유구사 시사명 청사총 색사온 모사공 언사충 사 사경 의사문 분사난 견득사의)."

풀이하자면, "볼 때는 명확하게 보려고 생각하고, 들을 때는 또렷하게 들으 려고 생각해야 한다. 얼굴빛은 온화하게 할 것을 생각하고, 용모는 공손할 것을 생각해야 한다. 말은 진실하게 할 것을 생각해야 하며, 일은 충실하게 할 것을 생각해야 한다. 의문이 있을 때는 물을 것을 생각해야 한다. 화가 날 때는 어려움을 생각하고, 이득이 될 일을 볼 때는 의로운 것인지를 생각 해야 한다."라는 뜻이다.

군자의 자세를 강조한 공자는 무엇보다 '화내지 않음'을 중시했고, 학문과 수양을 통해 자신을 성찰함으로써 화를 다스릴 수 있다고 가르쳤다.

古人之德 · 고인지덕

옛 성인들의 덕을 생각하면 본받을 점이 많다. _**서경(書經)**

⋮

『서경(書經)』「주서(周書)」에 "曰其稽我古人之德(왈기계아고인지덕, 그들이 우리에게 옛사람의 덕을 상고해야 한다고 말하거늘)"이라는 구절이 등장한다. '옛사람의 덕'은 옛 성인들의 가르침이다.

見利而忘其眞 · 견리이망기진

눈앞의 이익을 보면 탐내어 의리를 저버린다. _장자(莊子)

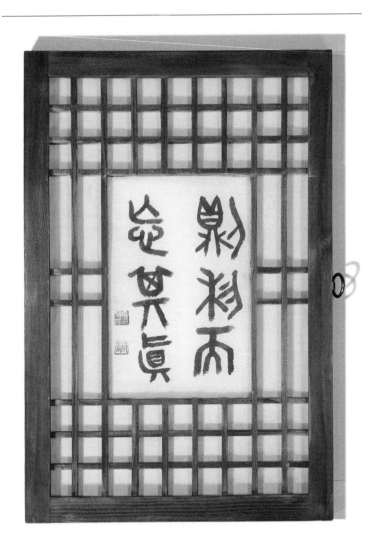

:

"눈앞의 이득에 사로잡히다 보면 자신의 참된 입장을 잊게 된다."라는 내용이다. 장자(莊子)의 글인데, 매월당 김시습도 이를 글로 남긴 것으로 전해진다. 다른 이와 달리 김시습은 자신의 재능으로 충분히 입신양명할 수 있었음에도 수양대군의 왕위 찬탈에 불만을 품고 은둔생활을 하다 승려가 되었으며, 벼슬길에 오르지 않았다. 그가 눈앞의 이득보다 참된 자신을 강조한 부분이 더욱 수긍되는 이유이기도 하다.

그는 풍자에도 뛰어났는데, 수양대군(세조)을 도왔던 권신 한명회와 유응부의 시 "靑春扶社稷(청춘부사직, 젊어서는 사직을 붙잡고) / 白首臥江湖(백수와강호, 늙어서는 강호에 묻힌다)"를 가지고 "靑春亡社稷(청춘망사직, 젊어서는 나라를 망치고) / 白首汚江湖(백수오강호, 늙어서는 세상을 더럽힌다)"라고 글만 바꿔서 조롱하기도 했다.

懷德維寧 · 회덕유녕

덕을 지니면 평안하다. _시경(詩經)

:

『시경』대아(大雅) 판편(板篇)에는 이런 구절이 나온다.

"价人維藩 大師維垣 大邦維屏 大宗維翰 懷德維寧 宗子維城(개인유번 대사
유원 대방유병 대종유한 회덕유녕 종자유성)."

풀이하면, "갑옷 입은 병사는 나라의 울타리이며, 나랏일 맡은 삼공은 나라
의 담벽이며, 제후들은 나라의 병풍이며, 임금의 일가는 나라의 기둥이며,
덕 있는 이들이 나라를 평안하게 하니 종실이 번성하게 된다."라는 뜻이다.

물론 이 뒤에는 "敬天之怒 无敢戲豫 敬天之渝 无敢馳驅(경천지노 무감희예
경천지유 무감치구. 하늘의 노여움을 공경하여, 감히 안일하지 말 것이며, 하늘
의 변함을 공경하여, 감히 멋대로 치달리지 말라)."라는 구절도 이어진다.

'덕을 지니면 평안하다'라는 뜻은, 결국 덕을 베풀면 나와 모두가 평안해진
다는 뜻이리라.

清樂 · 청락

사념이나 탐욕이 없는 삶을 즐기다.

：

청렴결백하게 살면서 물질적인 부를 추구하지 않고, 정신적으로 풍요롭고 올바른 길을 걷는 삶을 뜻하는 '淸貧樂道(청빈낙도)'에서 '청락'을 생각해 볼 수 있다.

물질에 찌들지 않고, 탐욕에 기울지 않으면서 '안분지족(安分知足)'의 삶을 즐기는 데서 우리들의 정신은 높고 맑게 고양될 수 있을 것이다.

仰福 · 앙복

행복을 바란다.

:

믿음이 약한 이들은 보이지 않는 것들을 제대로 보지 못한다. '仰福(앙복)'의 '앙'은 '우러르다, 믿다, 따른다'라는 뜻을 지녔다. '복'은 원래 제사에 쓴 술과 고기를 뜻한다. '돕다'라는 뜻도 있지만, 복을 '내리다'라는 뜻을 지녔다. 제사 뒤에 음복(飮福)도 여기에서 비롯됐다. 이렇게 본다면, '앙복'이란 '우리에게 복을 주는 대상을 따르고 믿는다.'라는 의미임을 알 수 있다.

松雲 · 송운

소나무 숲에 내린 구름. _이백(李白) 증맹호연(贈孟浩然)

⋮

당나라 시인 이백(李白)은 자신보다 열두 살 위인 전원(田園)시인 맹호연과도 친분이 두터웠다. 이백이 맹호연을 떠나보내면서 지은 시 「黃鶴樓送孟浩然之廣陵」(황학루송맹호연지광릉, 황학루에서 광릉으로 가는 맹호연을 보냄)'도 유명하다. 「증맹호연」의 내용은 이렇다.

"吾愛孟夫子 風流天下聞 紅顏棄軒冕 白首臥松雲 醉月頻中聖 迷花不事君 高山安可仰, 徒此揖淸芬(오애맹부자 풍류천하문 홍안기헌면 백수와송운 취월빈중성 미화불사군 고산안가앙 도차읍청분)."

풀이하자면, "나는 맹 선생을 좋아하오니, 멋진 풍류로 천하에 알려졌구려. 얼굴 붉던 젊은 시절 벼슬 마다하다가, 머리 하얘진 지금 구름 낀 소나무 아래에 누웠구려. 달에 취해 자주 술 마시고, 꽃에 홀려 군주를 섬기지 않았지요. 그 높은 산을 어찌 감히 쳐다볼 수 있을까요, 그저 이렇게 맑은 향기에 옷깃을 여민다오."라는 뜻이다. 한편, '송운(松雲)'은 사명대사 유정의 호이기도 하다.

知過必改 · 지과필개

자신의 허물을 알면 반드시 고쳐야 한다. _소학(小學)

⋮

『소학(小學)』은 도덕과 행실을 가르치는 중국 고전이다. '지과필개'는 '견선종지(見善從之)'와 대구를 이룬다. 즉, '見善從之 知過必改(견선종지 지과필개. 선한 것을 보면 따르고, 잘못을 알면 반드시 고쳐야 한다.)'라고 가르쳤다.

『논어(論語)』「위령공」편에서 공자가 말하기를, "허물이 있어도 고치지 않는 것, 그것을 허물이라 한다(過而不改是謂過矣, 과이불개시위과의)." 「학이」편에서 공자는 군자가 해야 할 일 중 하나로 "허물이 있으면 고치기를 꺼리지 않아야 한다(過則勿憚改, 과즉물탄개)."라고 했다.

율곡(栗谷)의 『격몽요결(擊蒙要訣)』「접인장(接人章)」에도 '不憚改過(불탄개과)', 즉 허물 고치기를 꺼리지 말라는 말이 나온다. 동양의 고전은 한결같이 자기 잘못이 있다면 반드시 고치라고 말한다.

巨福·거복

커다란 행복.

⋮

큰 복이란 무엇을 말하는 것일까? 유교에서 강조하는 다섯 가지의 복을 가리켜 '오복(五福)'이라고 하는데, 보통 수(壽), 부(富), 강녕(康寧), 유호덕(攸好德), 고종명(考終命)을 이른다. '덕을 좋아하여 즐겨 행하는 일'을 말하는 유호덕과 '제명대로 살다가 편안히 죽는 것'을 뜻하는 고종명 대신 귀(貴)함과 자손이 중다(衆多)함을 꼽기도 한다. 이 다섯 가지 복도 사실은 큰 복임이 틀림없는데, '거복(巨福)'이란 과연 무엇일까?

手中慧 · 수중혜

내 손안의 지혜.

:

2009년 삼성경제연구소의 SERICEO 콘텐츠 팀이 지은 책의 이름이 바로 『수중혜(手中慧)』였다. '내 손안의 지식 은장도'라는 부제를 달았는데, 결정적인 순간에 결단력을 발휘하고, 번뜩이는 아이디어 뱅크이면서, 무엇이든 공유할 수 있는 감성을 소유해야 하는 리더들을 위한 정보와 가르침을 전하고 있다.

비록 책의 제목으로 사용됐지만, 짧고 강렬하면서도 영감을 주는 '수중혜'라는 낱말은 복잡한 현대를 살아가는 이들이라면 누구나 손안에 지녀야 할 지혜의 나침반을 의미한다고 볼 수 있다.

教學相長 · 교학상장

가르치고 배우면서 함께 성장한다. _예기(禮記)

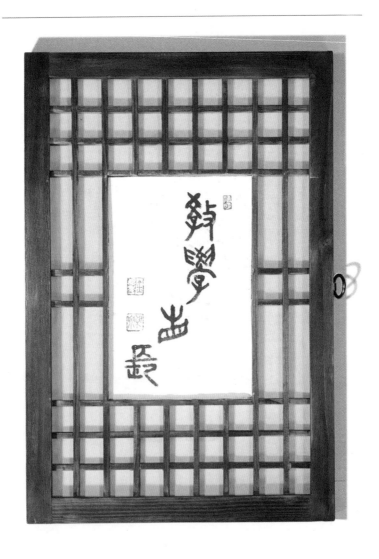

⋮

『예기(禮記)』「학기(學記)」편에는 이런 대목이 나온다.

"學然後知不足 敎然後知困, 知不足然後能自反也 知困然後能自强也, 故曰
敎學相長也(학연후지부족 교연후지곤, 지부족연후능자반야 지곤연후능자강야,
고왈교학상장야)."

풀이하자면, "사람이 배우고 나서야 부족함을 알게 되고 가르쳐보고 나서
야 비로소 어려움을 알게 된다. 자신의 부족함을 알고 나면 스스로 반성하
게 되고 어려움을 안 후에야 스스로 강해질 수 있다. 그러므로 가르침과 배
움은 함께 성장하는 것이다."라는 뜻이다.

오늘날에는 스승과 제자가 가르침과 배움을 통해 서로 성장한다는 의미로
도 쓰이고 있다.

知者不惑 · 지자불혹

지혜로운 사람은 도리를 잘 알아 어떤 일에도 홀리지 않는다. _논어(論語)

：

『논어(論語)』「자한(子罕)」편에서 공자는 군자가 갖춰야 할 세 가지 덕목을 말했다.

"子曰 知者不惑 仁者不憂 勇者不懼(자왈 지자불혹 인자불우 용자불구)."

풀이하면, "공자께서 말씀하셨다. 지혜로운 사람은 미혹되지 않고, 인자한 사람은 근심하지 않고, 용감한 사람은 두려워하지 않는다."라는 뜻이다.

이 세 가지 덕목(知者不惑, 仁者不憂, 勇者不懼)을 고루 갖춘다면 무슨 일에도 미혹됨이 없고, 아무런 흠도 없으며, 어떤 일을 해도 두려움이 없을 것이다. 공자가 '知者(지자)'를 가장 먼저 언급한 걸 본다면, '앎' 혹은 지식, 지혜를 갖추는 일이 그만큼 중요하다고 할 수 있다.

信愛忍和 · 신애인화

서로 믿고 사랑하고 인내하면 화목해진다.

:

『성경』「고린도전서」13장 13절은 그 유명한 말씀을 담고 있다. "그런즉 믿음, 소망, 사랑, 이 세 가지는 항상 있을 것인데 그중의 제일은 사랑이라." 동서양을 떠나 '믿음, 사랑'은 삶을 살아가는 데 있어 가장 중요한 덕목이다. 오래도록 인내하면서 서로 화목할 때 평안과 행복이 찾아들 것이다.

爲學日益 · 위학일익

배움은 날마다 채우는 것이다. _도덕경(道德經)

⋮

노자(老子)는 『도덕경(道德經)』에서 "爲學日益 爲道日損 損之又損 以至於無爲 無爲而無不爲 取天下常 以無事 及其有事 不足以取天下(위학일익 위도일손 손지우손 이지어무위 무위이무불위 취천하상 이무사 급기유사 부족이취천하)."라고 말했다.

풀이하자면, "배움의 길은 날마다 채우는 것이고, 도의 길은 하루하루 비워가는 것이다. 비우고 또 비워 행함이 없는 지경 무위(無爲)에 이르게 하라. 행함이 없는 지경에 이르면 되지 않는 일이 없다. 세상을 다스리는 것은 억지로 일을 꾸미지 않을 때만 가능하다. 억지로 일을 꾸미면 세상을 다스리기에는 족하지 못하다."라는 뜻이다.

無何有之鄉 · 무하유지향

어떤 것도 존재하지 않는 장소. _장자(莊子)

⋮

『장자(莊子)』「소요유(逍遙遊)」, 「응제왕(應帝王)」, 「지북유(知北遊)」 등 여러 곳에 나오는 말이다. 누가 '천하를 다스리는 방법'에 관해 묻자, 장자는 '불쾌한 질문'이라고 대답하면서 '아무것도 없는 곳(無何有之鄕)'에서 노닐겠다고 응수했다(而遊無何有之鄕 而處壙埌之野, 이유무하유지향 이처광랑지야. 어떠한 것도 존재하지 않는 장소에서 노닐다가 끝없이 넓은 들판에 머물려 한다).

그가 말하는 '무하유지향(無何有之鄕)'은 '어떠한 것도 존재하지 않는 장소', 즉 '사람이 끼어들지 않은 자연 그대로의 세계'를 뜻한다. 장자의 사상이 담겨 있는 '무위자연(無爲自然)'의 이상향을 가리키는 말이기도 하다.

有志者事意成 · 유지자사의성

뜻을 지닌 사람은 아무리 어려운 일이라도 해낼 수 있다. **_후한서(後漢書)**

:

중국 전한 말기 외척 왕망이 나라를 찬탈하자 왕족의 핏줄인 유수(劉秀)가 한 왕조의 재건을 내세우면서 인재들을 모았다. 그의 휘하에 경엄(耿弇)이란 장수도 들어왔다. 그가 악전고투 끝에 적진을 함락시키자, 유수가 이전의 계책을 말할 때는 어렵게만 생각되던 것을 마침내 이뤄냈다면서 그를 치하한 데서 나온 고사성어다.

다른 말로 '有志事竟成(유지사경성)', '有志竟成(유지경성)'이라고도 한다. 어려운 환경을 이기고 노력하여 목적을 달성한 이들에게는 뚜렷한 특징이 있다. 바로 '무엇인가를 이루고 말겠다'라는 뜻을 지녔다는 것이다.

日月逝矣歲不我延 · 일월서의세불아연

세월은 가고, 세월은 나를 기다리지 않네. _주재(朱子)

⋮

주자(朱子)가 「권학문(勸學文)」에서 한 말이다.

"勿謂今日不學而有來日 勿謂今年不學而有來年. 日月逝矣 歲不我延 嗚呼 老矣 是誰之愆(물위금일불학이유래일 물위금년불학이유내년 일월서의 세불아 연 오호노의 시수지건)."

풀이하면, "오늘 배우지 않고 내일이 있다고 말하지 말라. 올해 배우지 않 고 내년이 있다고 말하지 말라. 해와 달은 가고, 나를 위해 기다려 주지 않 으니, 아아, 늙었구나. 이것은 누구의 허물이겠는가!"라는 뜻이다.

누구나 열심히 배우고자 하지만 게으름이 앞을 가로막는다. 이런저런 이 유를 들어 내일로 차일피일 미루다 보면 그만 늙어버리고 때를 놓치게 된 다. 때를 놓치지 말고 지금 바로 공부하라는 주자의 '권학문'은 오늘날에도 유효한 주문이다.

人生草露 · 인생초로

인생은 풀잎에 맺힌 이슬과 같다. _한서(漢書)

⋮

人生如朝露(인생여조로). 중국의『한서(漢書)』「소무전(蘇武傳)」에 나오는 말로, 인생은 아침의 이슬(풀잎에 맺힌 이슬)과 같다는 뜻이다. 아침 풀잎에 맺힌 이슬은 해가 뜨고 나면 흔적도 없이 사라진다. 인생이 덧없다는 뜻이 아니라, 덧없이 짧은 인생이기에 무엇을 해야 할지를 고민하라는 말이다.

그래서 노자는『도덕경(道德經)』에서 내가 최고라는 교만한 마음(驕氣, 교기), 내가 담을 수 없을 만큼의 지나친 욕심(多慾, 다욕), 잘난척하려는 표정(態色, 태색), 모든 것을 내 뜻대로 해보려는 욕심(淫志, 음지)을 버려야 한다고 역설했다.

참된 나를 발견하고, 어떻게 사는 것이 덧없는 인생을 이기는 길인지를 성찰하자는 메시지다. '草路人生(초로인생)'과 같은 뜻이다.

世譽不足慕 · 세예부족모

세상의 명예를 부러워하지 말라. _최원(崔瑗)

:

중국 후한 시대를 살았던 학자 최원(崔瑗)은 「좌우명(座右銘)」이란 글에서 이렇게 말했다.

"無道人之短 無說己之長 施人愼勿念 受施愼勿忘 世譽不足慕 惟仁爲紀綱 無使名過實 守愚聖所藏(무도인지단 무설기지장 시인신물념 수시신물망 세예부족모 유인위기강 무사명과실 수우성소장)."

풀이하자면, "다른 사람의 단점에 대해 말하지 말고, 자신의 장점에 대해 말하지 말라. 다른 사람에게 베풀었다면 잊어버리고, 다른 사람에게 받았다면 잊어버리지 말라. 세상의 명예를 부러워하지 말고, 오직 어진 언행만을 근본으로 삼아라. 헛된 명성이 실질을 넘어서지 않도록 하고, 어리석음을 소중하게 여겨 지키고 간직하라."라는 뜻이다.

道生於安靜 · 도생어안정

도는 평안하고 고요한 데서 생겨난다. **_명심보감(明心寶鑑)_**

⋮

『명심보감(明心寶鑑)』 「정기(正己)」편에 나오는 말이다.

"福生於淸儉 德生於卑退 道生於安靜 命生於和暢 憂生於多慾 禍生於多貪 過生於輕慢 罪生於不仁(복생어청검 덕생어비퇴 도생어안정 명생어화창 우생어다욕 화생어다탐 과생어경만 죄생어불인)."

풀이하자면, "복은 청렴과 검소함에서 생기고, 덕은 자기를 낮추고 물러서는 데서 생기며, 도는 평안하고 고요한 데서 생기고, 생명은 화창함에서 생긴다. 근심은 많은 욕심에서 생기고, 재앙은 많은 탐욕에서 생기며, 실수는 경솔과 교만에서 생기고, 죄는 어질지 못한 데서 생긴다."라는 뜻이다.

韋編三絕 · 위편삼절

책을 맨 가죽끈이 세 번 끊어진다. _사기(史記)

．．

공자는 평생을 배우고 익혔다. 그래서 『논어(論語)』도 '배우고 익히면 그 또한 기쁘지 아니한가'로 시작한다. 그런 공자가 책을 묶은 가죽끈이 세 번이나 끊어질 정도로 책을 읽고 또 읽으며 공부했다는 데서 나온 말이다. 배우고자 하는 열의가 얼마나 큰가를 보여준다.

도대체 어떤 책이길래 공자는 책을 묶은 가죽끈이 세 번이나 끊어질 정도로 펼쳐봤다는 말일까? 말년의 공자는 『주역(周易)』에 심취했다고 한다. 그래서 "밥 먹는 것도 잊고 즐거움으로 근심마저 잊은 채 세월이 흘러 늙어가는 것조차 몰랐다."라고 말했다. '위편삼절'의 책은 바로 『주역』이다.

壽福康寧 · 수복강녕

장수하며 복을 누리고 건강하고 평안하게 산다.

:

이 말은 흔히 '萬壽無疆(만수무강) 無病長壽(무병장수) 壽福康寧(수복강녕) 富貴多男(부귀다남) 萬事亨通(만사형통)…'의 맥락에서 사용되고 있다. 일반적으로 '수복강녕 부귀다남'으로 많이 쓰인다. 여기서 장수(壽)가 가장 앞에 놓이고, 그다음이 행복(福, 복), 건강(康, 강), 평안(寧, 녕), 재산(富, 부), 권력·명예(貴, 귀), 자손(多男, 다남)의 순서를 주의 깊게 볼 필요가 있다. 100세 시대라는 말이 괜히 나온 게 아니다.

日新 · 일신

나날이 새로워진다. _대학(大學)

⋮

유교 경전의 하나인 『대학(大學)』에 나오는 "湯之盤銘曰 苟日新 日日新 又 日新(탕지반명왈 구일신 일일신 우일신)."의 '日新(일신)'은 나날이 새로워진다는 뜻이다.

이 말은 중국 은(殷) 왕조의 시조인 탕왕(湯王)이 매일 목욕을 하기 위해 물을 담는 그릇에 새겨져 있었다고 한다. 즉, 목욕할 때마다 스스로 경계하기 위해 새겨 넣었던 것으로 보인다. 탕왕은 백성들을 새롭게 하기 위해서는 군주인 자신부터 새로워져야 한다고 생각하고, 이를 실천에 옮겼다. 도덕의 힘으로 백성들을 교화시켜 세상을 아름답게 하는 것을 이상으로 삼은 유교적 가치를 그대로 보여준다.

傳不習乎 · 전불습호

스승이 전수한 학문 수양을 게을리하지 않았는가? _논어(論語)

⋮

『논어(論語)』「학이(學而)」편에는 증자(曾子)의 이런 말이 나온다.

"吾日三省吾身 爲人謀而不忠乎 與朋友交而不信乎 傳不習乎(오일삼성오신 위인모이불충호 여붕우교이불신호 전불습호)."

의미를 살펴보면, "나는 날마다 내 몸을 세 가지로 살핀다. 남을 위해 일을 꾀하면서 마음을 다하지 않았는가? 벗들과 사귀면서 믿음직하지 않았는가? 스승이 전수한 학문을 게을리하지 않았는가? (익히지 못한 것을 남에게 전하지 않았는가?)"라는 뜻이다.

곧, 배운 것을 제대로 익혀야 남에게 전할 때도 제대로 전할 수 있음을 시사한다.

心安如海 · 심안여해

마음이여, 바다같이 평안하라. _**법화경(法華經)**_

⋮

마음이 바다처럼 평안하다는 것은 불교 경전 『법화경(法華經)』에서 사용된 비유다. 오늘날 현대 철학이나 심리학은 마음의 세계를 탐구하는 데 집중하고 있다. '一切唯心造(일체유심조)'는 『화엄경(華嚴經)』의 핵심 사상을 이루는 말로 "모든 것은 오직 마음이 지어낸다."라는 뜻이다.

바로 이 마음을 바다와 같이 평정하게 유지하라는 말이니, 이 평정한 마음에서 무엇이 빚어질지 궁금하다.

習與性成 · 습여성성

습관이 몸에 배면 천성이 된다. _서경(書經)

：

유교의 경전들은 자신의 몸가짐과 마음 자세를 늘 강조한다. '습여성성' 역시 같은 행동을 반복하면 습관이 되고, 습관을 오래 지니면 타고난 성품처럼 된다고 말한다. '성품'은 좀처럼 바꾸기가 어려우니, 이왕이면 좋은 성품을 가져야 한다. 잘못된 행동을 되풀이하면 나쁜 습관이 몸을 지배하게 된다.

『서경(書經)』제5편 '태갑상 3'에 이와 관련된 고사가 등장한다. 상나라의 걸출한 군주 탕왕의 뒤를 이어 그의 손자 '태갑'이 왕이 되었지만, 성품이 옹졸하고 충언을 귀담아듣지 않아 한 충직한 신하가 탕왕의 무덤 옆에 집을 짓고는 태갑을 그곳에 3년을 가뒀다. 왕의 자리에서 쫓거나 조부의 무덤 옆 작은 집에 갇히자 날마다 반성하며 살았다. 그만큼 반성하면서 살았다면 이제는 좋은 성품이 몸에 배었을 것이라는 뜻으로 '습여성성'을 말하면서 그를 왕위에 복직시켰다.

知足常樂 · 지족상락

만족함을 알고 탐심을 내지 않으면 언제나 즐겁고 행복하다.

_도덕경(道德經)

⋮

노자의 『도덕경(道德經)』에는 '지족(知足)'에 관한 말들이 많이 등장한다. '知足不辱(지족불욕, 만족할 줄 알면 욕되지 않고) 知止不殆(지지불태, 적당히 멈출 줄 알면 위태롭지 않다.)', '故知足之足 常足矣(고지족지족 상족의, 그래서 스스로 만족할 줄 알면 언제나 부족함이란 없다.)' 등도 '지족'의 의미와 연결된다.

그런데 노자는 이 '지족'과 상대되는 말로 '욕심(慾心)'을 경계했다. '족함을 안다'라는 것은 결국 '守分自安(수분자안)', 즉 자신의 분수를 지키면서 편안히 지낸다는 말과도 일맥상통한다. 체념이나 안주가 아니라 자신의 현재를 긍정하면서 내일을 위해 즐겁게 노력한다는 걸 의미한다.

心爲法本 · 심위법본

모든 일은 마음이 근본이다. _법구경(法句經)

⋮

부처는 인간의 행동 규범을 설파했다. 그것은 특히 마음의 문제와도 직결된다. 『법구경』은 이렇게 말하고 있다.

"心爲法本 心尊心使 中心念惡 卽言卽行 罪苦自追 車轢於轍(심위법본 심존심사 중심념악 즉언즉행 죄고자추 거력어철)…"

뜻은 이렇다. "마음은 모든 것의 근본(根本)이니 마음을 존중하여 마음이 시키는 대로 하라. 마음속에 악한 것을 생각하면 즉시 말과 행동(行動) 또한 그러하리라. 죄와 고통이 저절로 따라오리라. 수레가 수레바퀴 자국을 따라 삐걱거리듯이…"

惜福不惜拜 · 석복불석배

복은 아끼되 인사는 아끼지 말라. _김갑수

⋮

엮은이를 알 수 없는 조선 시대『속복수전서(續福壽全書)』의 첫 장은 제목이 '惜福(석복)'이다. 복을 다 누리려 들지 말고 아끼라는 뜻이다.

한문학자인 정민 교수도『석복(惜福)』이란 책에서 "일은 끝장을 보아서는 안 되고, 세력은 온전히 기대면 곤란하다. 말은 다 해서는 안 되고, 복은 끝까지 누리면 못쓴다(事不可使盡 勢不可倚盡 言不可道盡 福不可享盡, 사불가사진 세불가의진 언불가도진 복불가향진)."라는 송나라 승상 장상영의 말을 인용하면서, 채우지 말고 비울 것을 강조했다.

犬不以善吠爲良 · 견불이선폐위량

개는 잘 짖는다고 해서 좋은 개가 아니다. _장자(莊子)

⋮

『장자(莊子)』 「徐无鬼(서무귀)」 편에는 '견불이선폐위량' 뒤에 '人不以善言爲賢(인불이선언위현)'이 대구를 이룬다. '사람은 말을 잘한다고 해서 현인이 아니다.'라는 뜻이다. '견(犬)' 대신 '구(狗)'로 쓰기도 한다. 대체로 큰 개를 '犬'이라 하고 작은 개를 '狗'라고 한다.

『명심보감』에서는 '人不以多言爲益(인불이다언위익)'과 함께 대구를 이루고 등장한다. '말을 많이 하는 사람이 꼭 유익한 사람은 아니다.'라는 뜻이다.

爲善最樂 · 위선최락

선을 행하는 것이 최고의 즐거움이다. _후한서(後漢書)

：

'爲善最樂(위선최락)'은『후한서(後漢書)』「동평헌왕창전(東平獻王蒼傳)」의 '십팔사략(十八史略)'에서 동평왕 유창(劉蒼)이 한 말로 알려져 있다. 창은 광무제 유수(劉秀)의 아들로 어려서부터 경서(經書)를 좋아하고 지혜와 아량을 갖춘 인물이었다. 박학다식한 그를 형인 명제(明帝)가 외출이나 순시 때마다 데리고 다닐 정도로 총애했다. 궁을 떠났던 명제가 환궁해 오랜만에 동생을 만나 기분이 좋아졌다. 그는 아우 창에 "집에서 무엇을 즐기고 있는가?"라고 물었다. 그러자 창은 "선을 행하는 것이 가장 즐거운 것이요, 도리가 가장 큰 것입니다(爲善最樂 道理最大, 위선최락 도리최대)."라고 대답했다.

또한, '爲善最樂(위선최락)'은 중국의 아동 학습서인『증광현문(增廣賢文)』에 '爲善最樂 爲惡難逃(위선최락 위악난도)'로 소개되고 있다. '선을 행하는 것이 인생의 가장 큰 즐거움이요, 악을 짓고 나서는 도망칠 수가 없다.'라는 의미다.

攻其惡無政人之惡 · 공기악무정인지악

자기 잘못은 꾸짖고 바로잡되, 다른 사람의 잘못에는 그러지 말아야 한다.

_명심보감(明心寶鑑)

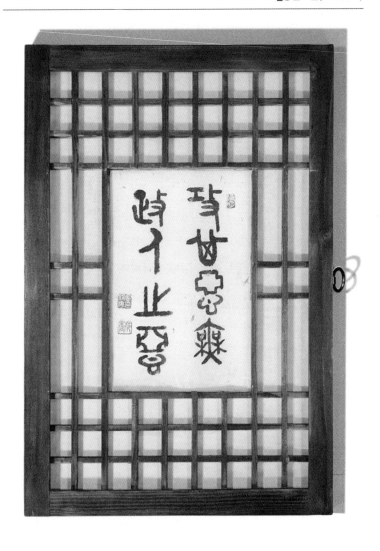

⋮

사람들은 늘 남의 눈에 있는 티끌을 먼저 지적한다. 본인의 눈에 든 대들보는 보지 않으면서. 『성경』에도 나오는 말이지만, 먼저 자기 자신을 돌아보라는 동서양의 지혜는 오늘날에도 여전히 유효하다. 자신을 엄히 다스리고 남에게 관대한 것이야말로 좋은 인간관계의 출발점일 것이다.

擊大事必愼其終始 · 격대사필신기종시

큰일을 할 때는 반드시 끝과 시작을 한결같이 신중히 해야 한다. _격언

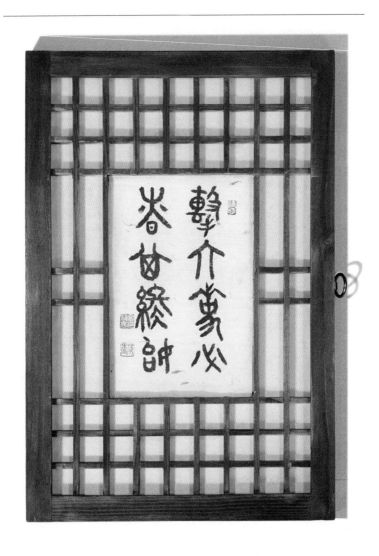

⋮

동양 속담은 왜 큰일을 할 때는 끝과 시작을 신중히 해야 한다고 말할까? 예나 지금이나 큰일을 하는 데는 많은 위험이 뒤따른다. 한 기업의 CEO나 한 국가의 지도자가 중대한 결정을 내릴 때, 신중하지 못하다면 어떤 결과가 생길지 뻔하다.

鈍筆勝聰 · 둔필승총

둔한 붓이 총명한 머리를 이긴다. _정약용

：

조선 후기의 문신이자 실학자인 다산 정약용은 500여 권의 저서를 남긴 천재적인 인물이다. 그의 엄청난 저술은 그의 말대로 '鈍筆(둔필, 굼뜨고 서투른 글씨)', 즉 오늘날 '메모'에 해당하는 기록에 힘입고 있다. 머리가 명석하지 않더라도 열심히 쓰고, 읽고, 공부를 하면 좋은 성과를 낼 수 있다는 의미로도 해석할 수 있다.

또한, 기억보다는 기록이 더 오래간다는 것으로도 이해할 수 있다. 기억에는 한계가 있기 때문이다. 늘 쓰고 메모하는 버릇을 가지는 것이야말로 쇠퇴하는 기억을 이기는 힘이 된다.

同接無文章 · 동접무문장

늘 같이 있는 사람들끼리는 서로 그 장점을 모른다. _**격언**

:

오늘날 가장 많이 사용되고 있는 단어 가운데 '생물 다양성'이란 말이 있다. 이 말은 사회에도 적용되어 다양성의 폭이 넓을수록 한 사회가 건강하다는 것으로도 활용되고 있다. '동접무문장'은 '한 글방 동접(同接) 간에는 문장(文章)이 없다.'라는 뜻이다. 즉, 같이 어울리는 사람들끼리는 서로 그 장점을 모르게 된다는 말이다.

서로에게 익숙해질수록 상대가 지닌 개성과 특징에 무뎌질 수 있음을 지적한 이 말은, 우리 주변의 사람들을 늘 새롭게 바라보고, 우리가 어떤 장점과 특징을 지닌 존재인지를 거듭 확인할 때 세계가 확장될 수 있다는 의미다.

圖難於其易 · 도난어기이

어려운 일은 쉬운 데서부터 해 나가야 한다. _도덕경(道德經)

⋮

'무위(無爲)'를 강조한 노자였지만, 그렇다고 그가 모든 것을 손에 놓자고 말한 건 아니다. 노자는 '圖難於其易(도난어기이)'를 풀이하길 "欲圖雜事 當於易時 未及成也(욕도잡사 당어이시 미급성야, 어려운 일을 도모하고자 하면 아직 이뤄지지 않은 쉬울 때 해야 한다)."라고 했다.

크고, 복잡하고, 어려워 보여도 모든 일은 '쉬운 것'에서부터 풀어가야 잘 마칠 수 있다.

水滴穿石 · 수적천석

떨어지는 물방울이 돌에 구멍을 낸다. _채근담(菜根譚)

⋮

송나라 때 나대경(羅大經)의 『학림옥로(鶴林玉露)』와 명나라 때 홍자성(洪自誠)의 『채근담(菜根譚)』에 나오는 말로, "떨어지는 물방울이 돌을 뚫는다."라는 뜻이다. 본래는 '작은 잘못이라도 계속 쌓이면 커다란 위험이 될 수 있음'을 가리켰지만, 현재는 '보잘것없는 아주 작은 힘이라도 꾸준히 노력하면 큰일을 이룰 수 있음'을 의미하는 말로 쓰인다.

명나라 홍자성이 『채근담』에서 '繩鋸木斷 水滴穿石(승거목단 수적천석, 먹줄에 쓸려 나무가 잘리고, 물방울이 돌에 떨어져 구멍이 뚫린다.)을 도(道)를 배우는 사람이 견지해야 할 자세로 언급한 것도 그런 이유에서다.

久生止鳥帶篆 · 구생지조대전

오래 앉아 있는 새가 화살을 맞는다. _격언

⋮

좋은 자리라고 오래 앉아 버티고 있다가는 화를 당하게 된다는 뜻이다. 자리를 내놓을 때가 되면 미련 없이 물러나야 한다.

시인 이형기는 시 「낙화」에서 "가야 할 때가 언제인가를 / 분명히 알고 가는 이의 / 뒷모습은 얼마나 아름다운가"라고 썼다. 시인은 꽃이 지는 순간을 가리켜 "결별이 이룩하는 축복에 싸여 / 지금은 가야 할 때"라고 자신 있게 말한다. 떠나는 순간이 축복임을 알고 있다. 안주하지 않고 능동적으로 변화하는 모습을 강조한 것으로 볼 수 있다.

丹止所藏者赤 · 단지소장자적

단사(丹砂)가 품고 있는 것은 붉은색이다. **_명심보감(明心寶鑑)_**

⋮

『명심보감(明心寶鑑)』「교우(交友)」편에 등장한다. 전체 구절은 "與善人居 如入芝蘭之室 久而不聞其香 卽與之化矣(여선인거 여입지란지실 구이불문기향 즉여지화의, 선한 사람과 함께 있는 것은 마치 향기로운 지초와 난초가 있는 방에 들어간 것과 같아서 오래되면 그 향을 맡지 못하나 이는 바로 그와 더불어 동화된 것이다)."라는 문장으로 시작하며, '丹止所藏者赤(단지소장자적)' 바로 뒤에는 '漆之所藏者黑(칠지소장자흑)'이 온다. "단사가 품고 있는 것은 붉은색이요, 옻이 품고 있는 것은 검은색이다."라는 뜻이며, "是以 君子必慎其所與處者焉(시이 군자필신기소여처자언, 이런 까닭에 군자는 함께 있을 자를 반드시 삼가야[가려야] 하느니라)."이 결론이다.

좋은 벗을 가려 사귀어야 한다는 뜻이다.

春不耕種秋後悔 · 춘불경종추후회

봄에 밭 갈아 씨를 뿌리지 않으면 가을 되어 거둘 곡식이 없어 후회한다.

_주자십훈(朱子十訓)

⋮

'주자십회(朱子十悔)' 또는 '주자십훈(朱子十訓)'으로 알려진 가르침이다. 첫 번째는 不孝父母死後悔(불효부모사후회, 부모에게 효도하지 않으면 죽은 뒤에 뉘우친다), 두 번째는 不親家族疏後悔(불친가족소후회, 가족에게 친절하지 않으면 멀어진 뒤에 뉘우친다)다.

그다음이 그 유명한 少不勤學老後悔(소불근학노후회, 젊을 때 부지런히 배우지 않으면 늙어서 뉘우친다)다. 모든 것이 제때가 있으니, 때를 놓치지 말라는 경고로도 읽힌다.

登泰山而小天下 · 등태산이소천하

태산에 올라가면 온 천하가 조그맣게 보인다. _맹자(孟子)

:

『맹자(孟子)』「진심」상에 나오는 말이다.

'登東山而小魯 登泰山而小天下(등동산이소노 등태산이소천하, 노나라 동산에 오르니 노나라가 조그맣게 보이고, 태산에 오르니 온 천하가 작게 보인다).'라는 말인데, 이어서 "그러므로 바다를 본 사람에게 물을 말하기 어려우며, 성인의 문하에서 노닌 사람에게는 학문을 말하기가 어렵다. 바닷물을 관찰하는 데는 방법이 있는데, 반드시 그 물결을 보아야 한다. 해와 달에는 밝음이 있으니 빛을 받아들일 수 있는 곳은 반드시 비춘다. 흐르는 물은 그 성질이 구덩이를 채우지 않으면 흘러가지 않는다. 군자는 도에 뜻을 둘 때 문채가 드러나지 않으면 통달했다고 할 수 없다."라는 내용이 이어진다.

자신이 처해 있는 위치에 따라 보는 눈이 달라진다는 의미이기도 하다.

盡人事待天命 · 진인사대천명

사람이 할 수 있는 일을 다 한 후에 하늘에 결과를 맡기고 기다린다.

_삼국지연의(三國志演義)

⋮

『삼국지연의(三國志演義)』는 명나라 때 나관중이 지은 장편 소설이다. 진나라 진수가 편찬한 정사인 『삼국지』를 바탕으로 하면서도 위의 정통 왕조 설을 부정하고, 촉나라를 후한의 정통을 잇는 나라로 묘사했다.

위나라와 초나라·오나라 연합군이 맞붙은 적벽대전에서 제갈량이 군령을 어긴 관우를 처형하려고 했을 때, 유비가 '죄는 중해도 피로 결의한 형제를 죽일 수 없으니 살려 달라'라고 간청했다. 그러자 제갈량은 "제가 사람으로서 할 수 있는 방법을 모두 쓴다 해도 목숨은 하늘의 뜻에 달려 있으니, 하늘의 명을 기다릴 뿐입니다(盡人事待天命)."라고 했다.

愚公移山 · 우공이산

우공이 산을 옮기다. _열자(列子)

：

『열자(列子)』「탕문(湯問)」편에 나오는 고사성어다. 뜻은 '어리석은 노인이 산을 옮긴다'지만, 속뜻은 '열심히 노력하면 결국은 이룰 수 있다.'『열자』에 소개된 내용은 이렇다.

같은 마을에 지혜가 많아 사람들이 지수(智叟, 지혜로운 노인)라고 부르는 이가 있었는데 그가 찾아와 우공에게 "사리를 분별할 줄 아는 노인이 왜 이렇게 어리석은 일을 하느냐?"라고 물었다. 우공은 "산을 옮기다가 내가 죽으면 내 아들과 손자가 계속 옮길 것이고, 그 아이들이 죽으면 그 아이들의 자손이 계속 옮기면 되지 않겠소? 자손은 대를 이어 언제까지나 계속 태어날 것이지만 산이야 더 늘어나지 않을 것 아니오? 그러니 언젠가는 평평해지지 않겠소?"라고 대답했다.

愼終于始 · 신종우시

끝을 잘 맺되 시작부터 신중해야 한다. _서경(書經)

⋮

『서경(書經)』제3편「상서(尙書)」제7「태갑(太甲)」하에 나오는 말이다. '擊大事必愼其終始(격대사필신기종시)'와 비슷한 뜻이다. 옷을 입을 때 첫 단추를 잘못 끼우면 어떻게 되는가? 일의 마침도 중요하지만, 시작할 때 신중하고 사려 깊게 살펴야 한다는 걸 모르는 사람들은 없을 것이다. 시작이 부족하면 좋은 결과가 나올 수 없다.

상나라의 전설적인 재상 이윤(伊尹)은 왕 '태갑'에게 거듭 '좋은 군주'가 될 것을 권하며 "백성들의 일을 가벼이 여기지 말고, 어려움을 생각하며, 군주의 자리를 편안히 여기지도 말며, 위태로움을 생각하십시오. 끝을 삼가기 위해서는 처음부터 잘 하십시오."라고 조언했다.

五行無尚勝 · 오행무상승

오행에 항상 이기는 것은 없다. _손자병법(孫子兵法)

⋮

손자(孫子)는 『손자병법(孫子兵法)』에서 '오행무상승(五行無尙勝)'을 말했다. 원문에는 "전쟁에는 일정한 태세가 없고, 물에는 일정한 형태가 없다. 능히 적군의 형세에 따라 작전을 변화시켜 승리를 취하는 사람을 신묘하다고 말한다. 그러므로 오행에 항상 이기는 것이 없고, 네 계절에 항상 제자리에 있는 것이 없으며, 해에도 짧고 길음이 있고, 달도 없어지고 생겨남이 있는 것이다."라고 나와 있다.

오늘날의 문맥으로는 이 세상에 천하무적(天下無敵)은 없으며 어떤 사람도 완벽한 사람은 없다는 뜻이라고 할 수 있다.

上善若水 · 상선약수

최고의 선(善)은 물과 같다. _도덕경(道德經)

:

노장사상, 곧 도가에서는 '물(水, 수)'이 큰 상징성을 지니고 있다. 『도덕경(道德經)』에는 "上善若水 水善利萬物而不爭 處衆人之所惡 故幾於道(상선약수 수선리만물이부쟁 처중인지소악 고기어도, 최고의 선[善]은 물과 같다. 물은 만물을 이롭게 하는 데 뛰어나지만 다투지 않고, 모든 사람이 싫어하는 곳에 머문다. 그러므로 도에 가깝다)."라는 구절이 나온다. 물은 순리대로 위에서 아래로 흐르고, 막히면 돌아가고, 기꺼이 낮은 곳을 향한다.

공평하고, 완전하며, 변화하면서도 본질을 지키며, 겸손하다는 특성을 보인 물. 생명의 근원이면서 낮은 곳에 있는 모든 것을 적셔 주기에 노자는 물과 같은 삶을 추구했을 것이다.

行遠必自邇 · 행원필자이

멀리 가려면 반드시 가까운 데서 출발해야 한다. _중용(中庸)

:

이 말은 '登高必自卑(등고필자비, 높은 곳을 오르려면 반드시 낮은 데서부터 올라야 한다)'라는 구절과 짝을 이룬다. 표면적으로는 '무슨 일이든지 순서가 있다'는 걸 말하지만, 『중용(中庸)』의 맥락에서 본다면, 군자의 수양은 반드시 자기 자신을 살펴보는 데서 시작해야 한다는 뜻으로 읽어낼 수 있다.

『맹자(孟子)』「진심」 편에는 "흐르는 물도 그 성질이 낮은 웅덩이라도 반드시 먼저 채우지 않고서는 흘러가지 않는다. 군자도 이처럼 도에 뜻을 둔다면 아래에서부터 소양을 쌓지 않고는 높은 성인의 경지에 도달할 수 없다."라는 구절이 있다. '아래에서부터 소양을 쌓아야 한다.'라는 말과 '行遠必自邇(행원필자이)'는 맥락으로 유사하다고 볼 수 있다.

知人者智 自知者明 · 지인자지자지자명

남을 아는 것을 지(智)라고 하고, 자기를 아는 것을 명(明)이라 한다.

_도덕경(道德經)

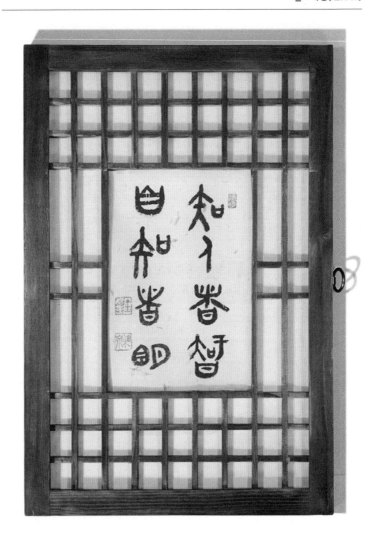

:

노자는 『도덕경(道德經)』 33장 '知人者智(지인자지)'에서 이렇게 말했다.

"知人者智 自知者明, 勝人者有力 自勝者强, 知足者富 强行者有志, 不失其 所者久 死而不亡者壽(지인자지 자지자명, 승인자유력 자승자강, 지족자부 강 행자유지, 부실기소자구 사이불망자수)."

풀이하자면, "남을 아는 것을 지혜롭다고 하고, 자기를 아는 것을 현명하다 고 한다. 타인을 이기는 자를 힘세다 할지 모르지만, 자기를 이기는 자야말 로 강한 것이다. 족함을 아는 자라야 부유한 것이요, 행함을 관철하는 자라 야 뜻이 있는 것이다. 바른 자리를 잃지 않는 자라야 오래가는 것이요, 죽 어도 없어지지 않는 자라야 천수하다 할 것이다."라는 뜻이다.

자신을 안다는 것, 정말로 자기 자신을 제대로 안다는 것은 그만큼 값지고 의미 있는 일일 것이다.

得道多助失道寡助 · 득도다조실도과조

도(道)에 맞으면 도와주는 이가 많고, 도에 어긋나면 도와주는 이가 적다.

_맹자(孟子)

:

『맹자(孟子)』「공손추」하에 나오는 말로, 정의와 인의에 선다면 많은 사람들의 도움을 얻을 것이지만, 도의나 인의를 저버린다면 필연적으로 고립에 빠질 것이라는 뜻이다.

맹자가 인(仁)과 의(義), 예(禮)와 지(智)를 강조한 것과 일맥상통한다. 맹자가 '인의예지'를 인간이 걸어야 할 길로 이해했다는 것은, 이것이 부단한 노력과 실천을 통해 달성할 수 있는 덕목이란 뜻도 내포돼 있다.

唯天下至誠爲能化 · 유천하지성위능화

하늘 아래 오직 지극한 정성만이 (나와 세상을) 바꿀 수 있다. _중용(中庸)

⋮

『중용(中庸)』 23장에 나오는, 다양한 해석이 존재하는 명문장이다. 배우 현 빈과 조정석, 정재영이 등장했던 영화 <역린>에서 정조가 신하에게 『중 용』 23장의 내용을 묻는 장면이 나온다. 바로 이 문장이다.

"其次 致曲 曲能有誠 誠則形 形則著 著則明 明則動 動則變 變則化 唯天下 至誠 爲能化(기차 치곡 곡능유성 성칙형 형칙저 저칙명 명칙동 동칙변 변칙화 유천하지성 위능화)."

풀이하자면, "그다음은 세세한 것에까지 이르게 하는 것이다. 세세함에도 정성 됨이 있을 수 있는 것이니, 정성 되면 곧 나타나고, 나타나면 곧 뚜렷 해지고, 뚜렷해지면 곧 밝아지고, 밝아지면 곧 움직이고, 움직이면 곧 변하 고, 변화하면 곧 화하는 것이다."라는 뜻이다.

潛龍勿用 · 잠룡물용

물에 잠겨 있는 용은 쓰지 않는다. _주역(周易)

⋮

『주역(周易)』에 나오는 말로, 흔히 동아시아에서는 왕이 되기 전의 존재를 가리켜 '잠룡'이라고 부른다. 제왕이 되면 비로소 '비룡(飛龍)'으로 날아오른다. 자신이 잠룡에 지나지 않는 존재인 줄 모르고 설치다 낭패를 보는 사람에게 더 배우고 힘을 기르라는 뜻으로 사용하기도 한다.

그런데『주역』을 현대적 관점에서 바라보면, 잠룡이나 비룡보다 더 의미 있는 단계에 있는 존재인 '약룡(躍龍)'이 눈길을 끈다. 약룡은 실패를 경험하면서도 계속 도약하고자 한다. 실패를 통해 배우면서 성장하는 존재라는 뜻이다.

人盡樂 · 인진락

사람들이 모두 즐거워하다. _왕규(王珪)

⋮

송나라 때 시인 왕규가 쓴 칠언시 「상원응제(上元應制)」에 등장하는 글귀다. '정월 대보름 임금의 명에 의해 글을 지음'이란 뜻의 이 시에서 시인은 "一曲昇平人盡樂(일곡승평인진락, 한 곡조 승평의 노래로 사람들은 즐거움을 한껏 누리는데) 君王又進紫霞杯(군왕우진자하배, 군왕은 또다시 나아가 자하배를 올리도다)."라고 썼다. '자하배'는 신선의 술잔, 좋은 술을 뜻한다.

休氣 · 휴기

상서로운 조짐. _승정원일기(承政院日記)

⋮

'서기(瑞氣)'와 같은 뜻이다. 『승정원일기(承政院日記)』 영조 51년 5월 15일 신유 기사(1775년)에는 약방도제조 홍인한(洪麟漢) 등이 안부를 여쭙는 계를 올렸다는 내용이 등장한다. "昨夕休氣頓勝…(작석휴기돈승, 지난 저녁에 서기가…)"

受厚福 · 수후복

큰 복을 받다. _사기(史記)

⋮

『사기(史記)』「사마상여열전(司馬相如列傳)」에 등장하는 글이다. '사마상여열전'은 전한(前漢)의 저명한 문학가인 사마상여의 전기다. "舒盛德 發號榮 受厚福 以浸黎民也(서성덕 발호영 수후복 이침여민야, 성덕을 펼쳐 영광스러운 이름을 나타내며, 두터운 복을 받음으로써 모든 사람이 은혜를 입게 했다)."라는 대목에서 '수후복'이란 문구를 볼 수 있다.

萬祥必臻 · 만상필진

온갖 상서로운 일이 꼭 이루어질 것이다. _고문진보(古文眞寶)

：

『고문진보(古文眞寶)』에 전하는 왕포(王褒)가 쓴 「성주득현신송(聖主得賢臣頌)」의 한 구절이다.

"其得意如此 則胡禁不止 曷令不行 化溢四表 橫被無窮 退夷貢獻 萬祥必臻 (기득의여차 칙호금불지 갈령불행 화일사표 횡피무궁 하이공헌 만상필진)."라 는 구절에 보인다.

그 뜻은 이렇다. "이와 같이 뜻대로 되니 어찌 금하려는 일이 없어지지 않을 것이며, 명령하는 것이 시행되지 않을 수 있겠는가. 교화가 사해 바깥까지 넘쳐 널리 퍼짐이 끝이 없게 되어 먼 곳의 오랑캐들이 조공을 바칠 것이며, 온갖 상서로운 일이 반드시 이루어질 것이다."

天眞 · 천진

꾸밈이나 거짓이 없이 자연 그대로 깨끗하고 순진하다. **_소식(蘇軾)**

:

중국 시인 소식(蘇軾)이 '天眞爛漫是吾師(천진난만시오사)', 즉 "천진난만은 나의 스승이다."라고 말했다. 시인 소동파가 아이와 같은 순진하고 참된 것에서 영감을 얻었다는 뜻이다. 불교에서는 '불생불멸의 참된 마음'을 뜻한다. 말이나 행동에 아무런 꾸밈이 없이 그대로 나타날 만큼 순진하고 천진함을 뜻하는 '천진난만(天眞爛漫)'이 두루 쓰인다.

順天道 · 순천도

하늘의 뜻을 따르다. _사기(史記)

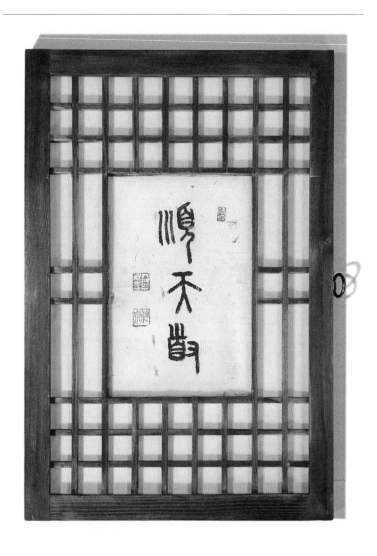

⋮

『사기(史記)』「사마상여열전(司馬相如列傳)」에 등장하는 글이다. "朕以覽聽
餘閒 無事棄日 順天道以殺伐 時休息於此 恐後世靡麗 遂往而不反 非所以
爲繼嗣創業垂統也(짐이람청여한 무사기일 순천도이살벌 시휴식어차 공후세
미려 수왕이불반 비소이위계사창업수통야)."라는 구절에 보인다.

풀이하자면, "짐이 정사를 처리하고 한가로워 아무런 일 없이 허송세월할
때면, 하늘의 도를 따라 상림원에 와서 사냥하며 짐승들을 죽이고 때때로
이곳에서 휴식을 취했다. 후세의 자손들이 사치하여 이것에 빠져 되돌릴
수 없게 될지 두려우니, 이는 대를 잇는 대업을 일으켜 후세에 전하는 전통
이 아니기 때문이다."라는 의미다.

溫故知新 · 온고지신

옛것을 익히고 그것을 미루어서 새것을 안다. _논어(論語)

:

『논어(論語)』「위정(爲政)」편에 나오는 말이다. 공자는 "옛것을 익히고 새로운 것을 알면 스승이 될 수 있다."라고 했다. 공자가 말한 옛것은 태평성대였던 주나라 때의 여러 문물과 제도를 가리킨다. 공자가 살던 당시의 세상은 혼탁했기에 바로잡을 필요가 있었다. 거기에 필요한 것이 바로 이전 시대의 문물과 정신을 배우고 본받는 일임을 강조하고 있다.

과거의 전통과 역사, 학문을 먼저 익히고 그 위에서 새로운 것을 배워야 제대로 된 지식을 전수하는 참다운 스승이 될 수 있음을 의미한다.

讀書尙友 · 독서상우

책을 읽음으로써 옛 현인(賢人)들과 벗이 될 수 있다. _맹자(孟子)

⋮

『맹자(孟子)』「만장장구(萬章章句)」하에서 맹자는 옛사람을 사귀는 법을 이렇게 말했다.

"頌其詩 讀其書 不知其人 可乎 是以 論其世也 是尙友也(송기시 독기서 부지기인 가호 시이 논기세야 시상우야)." 즉, "그 사람이 쓴 시를 외우고, 그 글을 읽으면서 그 사람을 알지 못하면 되겠는가? 그 때문에 그 시대를 논하게 되는 것이니, 이를 가리켜 시간을 거슬러 올라가 옛사람을 벗 삼게 된다는 것이다."라는 뜻이다.

바로 여기에서 '독서상우(讀書尙友)'라는 고사가 유래됐다. 동서양을 막론하고 앞서간 이들이 남긴 글을 통해 시공을 뛰어넘는 대화를 이어갈 수 있다고 했다. 맹자가 '독서상우'라고 말한 것은 현대에도 그대로 적용할 수 있는 말이다.

捨短取長 · 사단취장

나쁜 것은 버리고 좋은 것은 취한다. _한서(漢書)

⋮

『한서(漢書)』「예문지(藝文志)」에 "若能修六藝之術 而觀此九家之言 舍短取長 則可以通萬方之略矣(약능수육예지술 이관차구가지언 사단취장 즉가이통만방지략의, 만약 능히 육예의 술[術]을 잘 닦고, 이 아홉 학파의 학설을 잘 살펴, 단점을 버리고 장점을 취한다면, 만방의 책략에 통할 것이다)."라는 구절이 나온다.

'사단취장'은 이것저것을 짜깁는 게 아니라, 좋은 것을 더욱 발전시켜 오늘에 쓰일 수 있게 만든다는 의미로 이해해야 한다.

龍飛 · 용비

용이 하늘을 날다.

⋮

혼히 '용비봉무(龍飛鳳舞)', 즉 용이 날고 봉황이 춤춘다는 뜻으로 산천이 수려하고 맑아 생동하는 신령한 기세를 이르는 말로 쓰이지만, '용비'라고 했으니 이는 전설의 영물이 자신의 때를 만나 하늘로 날아오른다는 의미로 볼 수 있다. 자신의 때를 만나 뜻을 펼친다는 것으로 읽을 수 있다.

和致芳 · 화치방

온화하면 아름다움을 불러온다. _초사(楚辞)

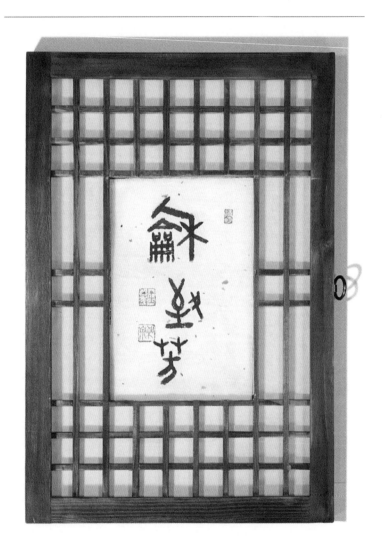

⋮

중국 전국 시대 초나라의 시인·정치가인 굴원(屈原)의 시 「대초(大招)」에는 "五谷六仞 設菰粱只 鼎臑盈望 和致芳只(오곡육인 설고양지 정노영망 화치방지)."라는 구절이 등장한다.

풀이하자면, "다섯 골짜기 여섯 길 돌아 들보 위에 양초를 두니, 고기 삶는 솥에는 고향 생각이 가득 차고, 서로 화목하면 향기가 가득하련만."이라는 뜻이다.

訥言敏行 · 눌언민행

말은 신중하게 하고 행동은 민첩하게 해야 한다. _논어(論語)

:

『논어(論語)』「이인(里仁)」편에 나오는 말이다. 공자는 "君子欲訥言 而敏語
行(군자욕눌언 이민어행, 군자는 말을 적게 하고 행동은 민첩해야 한다)."이라고
말했다.

공자의 제자 가운데 재여(宰予)라는 인물이 있었다. 그는 말을 너무 잘했기
때문에 행동도 말처럼 잘 실천할 줄 알았다. 그런데 어느 날 오후에 재여는
방에서 그날 배운 것을 복습하지 않고 낮잠을 자고 있었다. 이 모습을 본
공자는 큰 충격을 받았다. 평소에 말이라도 못했으면 스승이 받은 충격은
크지 않았을 것이다. 그런데 말은 교묘하게 잘하여 스승의 마음을 안심시
켜 놓고는 배운 것은 실천하지 않았다.

공자는 사람들의 언행(言行)이 일치(一致)하지 않는 것을 개탄하였다. 그래
서 「위정(爲政)」편에서 "先行其言而後從之(선행기언이후종지, 말하기 전에
행동하고, 행동하고 나서 말하라)."라 말하기도 했다.

自彊不息 · 자강불식

스스로 힘쓰고 쉬지 않는다. _주역(周易)

:

『주역(周易)』 64괘(卦) 중 첫 괘인 '건괘(乾卦)'에는 "天行健 君子以自强不息
(천행건 군자이자강불식, 하늘의 운행은 건장하니 군자는 그것을 본받아 스스로
강건하여 쉼이 없어야 한다)."이라는 말이 나온다. '自强不息'은 '自彊不息'으
로도 쓴다.

후진타오와 시진핑 등을 배출한 베이징에 있는 칭화대학(清華大學)의 교훈
으로도 잘 알려져 있다. 다산 정약용도 이 '자강불식'이란 말을 자주 사용하
면서, 공부를 게을리하지 않았다.

中立不倚 · 중립불의

어느 한쪽으로 치우치지 않는다. _중용(中庸)

:

『중용(中庸)』에 나오는 말로, "君子 和而不流 强哉矯 中立而不倚 强哉矯(군자 화이불류 강재교 중립이불의 강재교, 군자는 조화를 추구하되 어느 부류에도 휩쓸리지 않으니 강하다 꿋꿋함이여, 한쪽으로 치우치지 않으니 강하다 꿋꿋함이여)."라는 구절에서 유래한다.

'군자의 강함'에 휩쓸리지 않고, 어느 한쪽으로도 치우치지 않는 데서 나온다는 말이다.

空行空返 · 공행공반

행하는 것이 없으면 돌아오는 것도 없다. _격언

⋮

공행공반(空行空返). 자신이 무엇을 안다는 것과 실제로 그것을 해보았다는 것에는 결정적인 차이가 있다. '안다'라는 것은 머리에 머무는 것이고, '해 보았다'라는 경험 세계의 것이다. 당연히 큰 차이가 있을 수밖에 없다. 이 말은 '일단 실천하라'라는 의미를 담고 있다. 영어의 'give and take'와 같이, 먼저 주는 게 있어야 돌아오는 게 있다는 뜻으로 읽을 수 있다.

遠禍召福 · 원화소복

재앙을 멀리하면서 복을 불러들인다.

⋮

원화소복(遠禍召福)과 비슷한 사자성어로는 '전화위복(轉禍爲福)', '부위정경(扶危定傾)', '이환위리(以患爲利)'가 있다. '부위정경'은 위기를 불러온 잘못을 바로잡으면서 그 이상의 기회를 만든다는 뜻이며, '이환위리'는 근심을 이로움으로 삼는다는 뜻이다.

初心 . 초심

처음에 가진 마음.

:

시인 정채봉은 「첫 마음」이란 시에서 "1월 1일 아침에 찬물로 세수하면서 / 먹은 첫 마음으로 1년을 산다면, // 학교에 입학하여 새 책을 앞에 놓고 / 하루 일과표를 짜던 / 영롱한 첫 마음으로 공부를 한다면, // 사랑하는 사이가, / 처음 눈이 맞던 날의 떨림으로 / 내내 계속된다면 (후략)"이라고 썼다. 누구나 '첫 마음'을 품은 때가 있었을 것이다. 시간이 지나고, 생각도 바뀌면서 '초심'도 바뀐다.

그러나 선현들은 '귀어초심(歸於初心)', '초지일관(初志一貫)', '초심불망(初心不忘)' 등의 사자성어를 남겼다. 『도덕경(道德經)』은 '신종여시(愼終如始)'를 강조했다. 대부분 어떤 일을 시작할 때, 처음 가졌던 그 마음이 가장 순수하고 올바르다.

任重道遠 · 임중도원

맡은 책임은 무겁고, 실천할 길은 어렵고 아득하다. _논어(論語)

⋮

『논어(論語)』「태백(泰伯)」편에 나오는 말이다.

증자는 "士不可以不弘毅 任重而道遠 仁以爲己任 不亦重乎 死而後已 不亦 遠乎(사불가이불홍의 임중이도원 인이위기임 불역중호 사이후이 불역원호)."라 고 말했다.

말하자면, "선비는 뜻이 넓고 굳세어야 한다. 짐이 무겁고 길은 멀기 때문 이다. 인(仁)을 실현하는 것이 선비의 소임이니 그보다 더 무거운 것이 또 어디 있겠는가? 죽을 때까지 걸어가야 할 길이니 이보다 더 먼 것이 또 있 겠는가?"라는 의미다.

'임중도원'은 결국 선비가 인을 실현하는 일과 연결되는 의미임을 알 수 있다.

明若觀火 · 명약관화

불을 보듯 뻔하다. _채심집전(蔡沈集傳)

⋮

송나라와 초나라가 전쟁을 치르고 있었다. 초나라 군사들이 강을 건너는 동안 송나라의 공자목이가 양공에게 공격할 것을 제안했다. 하지만 양공은 정정당당하지 못한 공격이라며 반대했다. 초나라 군사들이 강을 다 건너 아직 전열을 정비하지 못하고 있을 때, 다시 공자목이가 공격할 것을 건의했으나 양공은 또다시 거절했다. 이에 공자목이는 "지금 공격하지 않으면 초나라가 곧 전열을 갖출 것이므로 우리가 질 것은 불을 보듯 뻔하다."라며 탄식했다. '명약관화'는 바로 여기서 유래했다.

어떤 일의 결과가 분명해 마치 불을 보는 것처럼 뻔하다는 것을 나타낼 때 쓰는 말이다. 『서경(書經)』 3편인 「상서(商書)」의 「반경(盤庚)」 상편에는 '予若觀花(여약관화, 나는 불을 보는 것처럼 잘 알고 있다.)'라고 표현한 것을 송나라 채심(蔡沈)이 『집전(集傳)』에서부터 바꿔 썼다고 한다.

마음에 새긴 그림

제2부

강한 삶

: 강한 삶

공자는 제자 자로가 '강함'에 관해 묻자, "너그럽고 부드럽게 가르치고, 상대방이 무도하게 하여도 보복하지 않는 것은 남방의 강함이니, 군자는 이렇게 행한다."라고 대답했다. 강한 삶은 바위를 이기고 꽃을 피워내는 것과 같다. 한없이 부드러운 몸짓이지만 주어진 상황을 돌파해 마침내 꽃을 피워내는 삶을 생각해 본다.

겸손

: 겸손

중국 전한 시대 편찬된『회남자(淮南子)』에는 "강물이 모든 골짜기의 물을 포용할 수 있음은 아래로 흐르기 때문이다. 오직 아래로 낮출 수 있을 때야 결국 위로도 오를 수 있게 된다."라는 구절이 있다. 작은 화병에 스스로 깃든 꽃이지만 그 향기가 온 방을 감싸는 이유와도 같다. 겸손은 삶을 살아가는 데 있어 가장 아름다운 미덕일지도 모른다.

경쟁

: 경쟁

경쟁은 제한된 자원을 가진 환경에서 함께 살아가야 하는 생물 사이에서 자연스럽게 일어나는 일이자 현상이다. 그러나 경쟁이 서로를 깎아내리고 죽이는 것이 되면 곤란하다. 각자가 지닌 최대한의 가능성을 피워내고 이를 꽃처럼 활짝 만개시키는 일이 돼야 한다. 경쟁이란 단어가 피 말리는 긴장감 대신 활짝 피어난 꽃을 연상시키는 말로 받아들여지는 세상을 꿈꾼다.

고결

: 고결

'성품이 고상하고 순결함'을 뜻하는 고결(高潔). 아리스토텔레스는 "훌륭한 신체에 고결한 영혼이 깃든다."라고 말했다. 고결함은 눈에 보이지 않는 성품이나 영혼의 순도를 뜻한다고 볼 수 있다. 어쩌면 그것은 잘 갈무리된 내면의 순수함이 밖으로 한없이 표출되는 순간에 나타나는 것일지도 모른다. 긴 겨울의 끝에 꽃을 피워내는 매화에서 고결함을 발견하는 것처럼…

고독 • 1

: **고독 · 1**

고독은 더는 아픔과 외로움의 언어가 아니다. 눈보라 몰아치는 깊은 겨울 밤, 홀로 선 겨울나무가 가지를 모두 뻗고 서 있을 때, 그는 외로움에 떠는 게 아니라 새로 다가올 시간을 위해 자신을 단련한다. 그렇듯 고독은 자신을 더 깊고 단단하게 만드는 인내의 모습이다. 곧 봄이 오면 저 가지들 가득 풍성한 잎사귀를 맺고, 아름다운 결실을 매달 것이다.

고독 • 2

: 고독 · 2

홀로 출항하는 바다 위의 배는 좌표 하나만 들고 북극성을 따라 항해한다. 항해의 여정에 그는 홀로 비바람과 거친 파도를 견뎌야 하지만 밤하늘의 무수한 별들 사이로 빛나는 북극성을 따라나선 길에서 결국 육지를 발견할 것이다. 어느 항에서인가 그는 정박하겠지만, 그의 정박보다는 최선을 다하여 길을 찾으려 애쓰는 홀로인 순간이 더 값져 보인다.

고백

: 고백

꽃나무 아래에서 사랑을 고백할 때, 유성들이 빛나는 밤에 수줍은 사랑을 고백할 때, 이 순간은 모든 것들이 숨을 멈추고 가슴의 맥박마저도 고요함에 이를 것이다. 너무나 쿵쾅거려서 꽃잎들이 나부끼기도 하고, 유성들은 엄청난 굉음을 내지르겠지만, 심장은 터질 것만 같아 고요함 속에 있으리라. 언제인가, 그런 고백을 수줍게 내밀던 때가…

고요함

: 고요함

바다 저 멀리 섬 하나. 그리고 바람 하나 없은 해송 숲에서 전해지는 알싸한 향기. 이 순간 눈을 감고 시간을 거슬러 오른다. 손끝에 전해지는 야생화들의 밀어(蜜語), 아득한 골짜기에는 바람도 멈춰 섰다. 다시 눈을 감고 기억을 더듬는다. 별과 하늘과 섬과 바다와 소나무와 소나무에 걸린 바람과 그 바람의 냄새도 모두 고요 속에서 그리움으로 흐른다.

고향길

: 고향길

신작로 옆 키 큰 미루나무 위에서 연신 매미가 울던 지난여름의 자리에 가을이 들어섰다. 산 언덕길에는 울긋불긋 잎이 발갛게 달아올랐다. 태어나 결혼하기 전까지 살았던 우리 집은 아파트 공원으로 변했다. 이제는 사라져 만날 수 없는 고향길. 동무들과 뛰어놀던 향수만이 떠오른다.

고향집

: 고향집

붉은 슬레이트 지붕, 나 살던 옛 고향집 앞을 흐르던 작은 냇가와 소나무 몇 그루는 벗이 되어 찾아오는 새들의 삶의 둥지였다. 아침이면 바람소리와 맑은 햇살이 새들과 합창했다. 어머니께서 이슬 젖은 텃밭에서 따온 호박으로 된장찌개를 끓여주시던 모습이 아련히 떠오른다.

공존

: 공존

자연 생태계는 균형이 중요하다. 산업화 이후 인류는 자연과의 공존을 깨버렸다. 자연은 우리에게 함께 살아가라고 가르쳤지만, 지금 우리는 홀로 하늘로 치솟는 삶을 살고 있다. 공중을 나는 새들도 함께 깃을 치며 서로 응원하면서 수천 킬로미터를 이동하는데, 우리는 '내 것'만 강조하면서 서로에게 섬이 되고 때로는 칼이 되고 있다. 함께 사는 삶을 회복해야 한다.

기다림

: 기다림

둥그렇게 숲에 둘러싸여 팔베개하고 누워 있으면 동그란 하늘이 파랗게 내려온다. 참나무 숲 바람 소리가 사각거리고 파란 하늘이 가까이 내려왔다가 다시 올라간다. 기다린다는 것은 참으로 아름다운 일이다. 모든 것을 내려놓고 그가 오기를 기다리는 순간, 숲이 되고 산이 되고 하늘이 된다. 어쩌면 기다림은 명사(名詞)가 아니라 동사(動詞)일지도 모른다.

기쁨

: 기쁨

그것은 넘쳐나는 것. 꽃잎 하나하나 아름다운 추억을 걸고 일제히 피어나는 것. 기쁨은 무엇인가에 몰입했을 때, 어떤 사랑의 꼭짓점에 도달했을 때 찾아오는 것일 수도 있다. 기쁨은 아름다운 일몰을 감상할 때 또는 지적으로 만족스러운 활동에 참여했을 때 등 모든 유형의 활동에서 만나게 되는 긍정적이고 즐거운 경험이다.

기품

: 기품

'어떤 사람이나 사물에서 드러나는 격이 높고 훌륭한 분위기'를 가리켜 기품(氣品)이라고 한다. 그렇다면 기품은 타고나는 것일까? 아니면 만들어지는 것일까? 또, 어떻게 사는 것이 기품 있는 삶이라고 할 수 있을까? 꽃이 피고 지는 세월 사이에 서 있는 우리 인생살이도, 이왕 사는 것 기품 있는 삶이어야 하지 않을까?

꽃비

: 꽃비

4월 벚꽃이 가득 핀 거리를 걷다 보면 바람에 나부끼는 꽃잎을 만날 수 있다. 꽃비 속에 서 있는 사람들의 모습이 달콤하다. 연인이거나, 아이들과 함께한 부부이거나, 혼자인 사람마저도 바람 불 때마다 우수수 날려 오는 꽃잎 아래 서 있으면 모두가 환한 불빛처럼 보인다. 꽃잎이 바람에 날린 비처럼 얼굴을 때려올 때처럼 황홀한 모습이 또 있을까?

꿈과 현실

: 꿈과 현실

대부분의 서사 창작물에서는 꿈에서 깨어나면 모든 이야기가 끝이 나고 주인공은 현실로 돌아온다. 꿈속의 이야기들이 중요하지만 꿈에서 깨면 비루한 현실이 이어진다. 사실 꿈만 꾸는 건 문제다. 그러나 꿈꾸는 것은 그 자체가 중요한 일이다. 꿈을 꾼다는 것은 바라는 현실이 저 너머에 있다는 뜻이다. 꿈과 현실 사이, 그 어디에 자신이 서 있는지 돌아볼 필요가 있다.

나들이

: 나들이

우리말 '나들이'는 참 정겨운 말이다. '집을 떠나 가까운 곳에 잠시 다녀오는 일'을 가리키는 이 말에서 소풍 가던 어린 날의 기억도 묻어난다. 일상에 지쳤을 때, 잠시 손을 놓고 은사시나무나 자작나무 숲을 잠시 다녀오는 것도 좋은 힐링 방법일 것이다. 백양나무, 은사시나무, 자작나무 숲으로 발길을 옮겨보자. 화사한 맑음과 숲의 향기가 맞아줄 거다.

노을

: 노을

해가 서산으로 뉘엿뉘엿 넘어갈 때 먼바다 수평선 위의 구름 사이로 붉은
색이 여러 층을 이루고 투과된다. 일몰 혹은 석양의 순간에 만나는 노을은
일과에 지친 뜨거운 맥박을 진정시켜 주기에 충분하다. 빛이 만들어내는
눈부신 스펙트럼, 구겨졌던 하루의 시간이 회복된다. 노을 아래 돌아오는
발걸음을 기다리는 지상의 집 한 채가 평화롭기만 하다.

다정

: 다정

어떤 시인들은 다정(多情)을 병이라고 노래했다. 왜 다정하다는 게 병처럼 인식된 것일까? 어느 해변에서 만난, 저 푸른 바다를 향해 선 나무 한 그루. 그 아래 사랑을 약속했던 이가 먼 곳으로 떠나고 남은 한 사람은 사무치게 그를 기다렸으리라. 그의 다정했던 눈길과 마음을 잊지 못해 매일 이 나무를 찾아와 그리움을 달랬겠지….

달콤한 사랑

: 달콤한 사랑

포도나무에 맛깔스러운 포도송이들이 달렸다. 단맛은 사람에게 긍정적이고 유쾌하고 즐거운 기분을 준다. 심리학자들은 단맛이 새로운 연애 감정을 자극한다고 말한다. 단맛이 나는 음식을 먹은 이들은 연인 관계에 대해서도 만족도나 열정, 낭만적인 감정 등이 모두 높게 나타난다는 연구 결과도 있다. 잘 익은 포도송이의 향기가 입맛을 끄는 이유이기도 하다.

덧없는 사랑

: 덧없는 사랑

양귀비의 꽃말은 꽃의 색에 따라 다른데, 주홍색 꽃잎의 양귀비는 '덧없는 사랑'을 의미한다. 나팔꽃과 아네모네의 꽃말도 '덧없는 사랑'이다. 사실 '덧없다'라는 말의 사전적 의미는 '알지 못하는 가운데 지나가는 시간이 매우 빠르다'라는 뜻이다. '의미가 없는' 게 아니라 '매우 빠르게 지나간다'라는 뜻이니, 우리 인생에서 경험하는 사랑의 열정도 한 번쯤 되돌아볼 일이다.

동경

: 동경

해바라기는 흔히 한 사람만 사랑한다는 '일편단심'의 꽃말만 지닌 게 아니다. '기다림, 숭배, 동경'이란 꽃말도 내포하고 있다. 일편단심이란 말에서 알 수 있듯이 어쩌면 그것은 절대적인 기다림과 동경으로 이어지는 것일지도 모른다. 태양을 향해 얼굴을 든 이 꽃처럼 우리도 누군가를, 무엇인가를 동경하면서 절대적 기다림의 시간을 가져보면 어떨까.

동고동락

: 동고동락

단단한 소나무 옆에 매화가 꽃을 피웠다. 괴로움과 기쁨을 같이할 때 진정한 하나가 될 수 있다. 어려울 때나 즐거울 때를 함께하는 것은 친구 사이나 가족에게도 필요한 덕목이다. 오늘날의 세태는 고난은 피하려 하고 기쁨만 좇으려 든다. 즐거움이야 누구나 함께하기 쉬운 일이다. 고난과 어려움을 함께 이겨내는 것이야말로 진정한 아름다움이다.

동면의 길

: 동면의 길

산사의 스님들은 겨울이면 동안거(冬安居)에 들어 자기 내면을 돌아보고 믿음을 더 단련하고는 한다. 자연계에도 동면의 시간이 있다. 개구리나 다람쥐, 곰도 겨울잠을 잔다. 식물들도 꽃 진 자리에서 겨울을 맞는다. 긴 동면의 시간은 멈춤이 아니라 새로운 출발에 대한 기다림이다. 멀리 떠나보낸 씨앗들도 긴 겨울 대지에 잠들었다가 이듬해 봄 새롭게 피어나지 않는가?

동행

: 동행

가수 최성수가 부른 노래 「동행」에는 이런 구절이 나온다. "누가 나와 같이 함께 울어줄 사람 있나요. 누가 나와 같이 함께 따뜻한 동행이 될까. 사랑하고 싶어요. 빈 가슴 채울 때까지 사랑하고 싶어요." 동행은 같이 울어주고 함께 따뜻한 사이가 됨을 뜻한다는 거다. 서로 격려하고 응원하면서 먼 길 가는 우리에게 함께하는 길만큼 넉넉한 게 또 있을까?

만남

: 만남

상수리나무에 열매가 맺혔다. 가을에 잘 익어 떨어진 걸 주워서 가루를 내어 도토리 떡이나 도토리묵으로 만들어 먹어도 좋으리라. 만남은 이렇듯 어떤 결실로 이어진다. 도토리 열매를 맺은 상수리나무처럼 이왕이면 그것이 좋은 결실을 거둘 수 있도록 정성을 기울이는 게 필요하다. 그렇지 않으면 서로를 해치는 결과가 될 테니까 말이다.

명랑과 쾌활

: 명랑과 쾌활

들판을 노랗게 물들여가는 들꽃들에 음률을 매긴다면 아마도 '명랑'과 '쾌활'의 음률이 되지 않을까? '흐린 데 없이 밝고 환함'을 뜻하는 명랑, 이 명랑을 안아서 활발한 것을 이르는 말이 '쾌활(하다)'이다. 그러니까 명랑과 쾌활에는 밝고 환하고 기운찬 어떤 리듬이 내재해 있다. 노랗게 물든 들꽃들에서 한없이 자유롭고 맑은 기운을 느껴보자!

명예

: 명예

담장 밖으로 늘어진 능소화가 소담스러운 꽃송이를 피워냈다. 능소화의
꽃말은 '명예'다. 물론 기다림 등의 꽃말도 지녔다. 능소화에 얽힌 전설에
따르면, 궁중의 한 궁녀가 왕의 총애를 받고 하염없이 그를 기다리면서 시
름시름 앓다 세상을 떠났는데 그 뒤에 그가 있던 담장에 진한 주황색 꽃들
이 피어났다고 한다. 명예를 소중히 여기는 이는 기다릴 줄도 아는 사람
이다.

무지갯빛 숲속

: 무지갯빛 숲속

자연의 시간표에는 어느 순간 무지갯빛이 피어나는 때가 찾아온다. 이 아름다운 광경을 실제가 아니라고 하는 이들도 있을 것이다. 그러나 의연한 소나무 숲 주변에 피어오르는 신비로운 숲의 숨결을 보라. 여름과 가을의 경계, 비구름 지나고 고요의 세계를 되찾은 숲은 우주의 신비를 그대로 보여준다. 어느 땐가 그대가 숲속에서 무지갯빛을 만날 수 있기를 기원한다.

무한 행복

: 무한 행복

여기 천 년의 바위 위에 소나무 한 그루 담대히 서 있다. 계곡 깊은 골짜기를 내려다보면서 산그림자를 따라 북극성을 향해 서는 것을 배운 그는 무한의 시간을 건너고 있는 것인지도 모른다. 어쩌면 행복도 이렇게 무한의 시간을 견뎌내는 담대한 용기에서 오는 것은 아닐까? 그 누구와 견주는 것이 아니라 홀로서도 빛나는 것, 그런 행복을 생각해 본다.

부귀

: 부귀

모란의 꽃말은 '부귀'다. 한편으로 『삼국사기』에 전해지길 모란은 향기가 없다고 했다. 하지만 실제로 모란은 꽃향기가 짙은 편이다. 생각해 보면, 부귀라는 것도 남에게 긍정적인 영향을 끼치고 도움을 주는 것일 때 좋은 향기를 내는 존재가 될 수 있을 거다. 그렇지 않다면 차라리 향기가 없는 게 나을지도 모른다. 당신의 부귀는 어떤 향기를 간직하고 있는가?

서리꽃

：서리꽃

선현들은 추위가 만든 상고대를 '서리꽃'이라 불렀다. 대기 중의 수증기가 급냉각되어 나무나 풀 등에 붙어 생긴 얼음조각 꽃이다. 자연이 만든 아름다운 풍경이기도 하다. 늦가을 다 거두지 못한 홍시들이 감나무에 매달려 상고대를 이고 있다. 아침 햇살에 반짝이는 서리꽃의 모습도 새들을 위해 홍시를 남겨놓은 주인장의 마음처럼 눈부시기만 하다.

수줍음

: 수줍음

작약이 활짝 피었다. 함박꽃으로도 불리는 이 꽃의 꽃말은 '수줍음'이다. 수줍음은 '숫기가 없어 다른 사람 앞에서 말이나 행동을 하는 것이 어렵거나 부끄럽다. 또는 그런 태도가 있다.'라는 의미를 지닌 '수줍다'에서 온 말이다. 어려워하거나 부끄러워한다는 것은 그만큼 신중하고 조심한다는 뜻이니, 수줍음에는 '나약함'보다는 다른 이에 대한 겸손이 엿보인다.

순수

: **순수**

예부터 장독대는 살림살이 규모가 있는 집에서는 대청의 주축 선과 연결되는 정결한 앞자리에 배치하기도 하고, ㄱ자집에서는 안채의 옆 공간인 뒤뜰에 두기도 했다. 장독대에는 성주, 터주, 칠성을 모시는 경우가 많았다. 새벽에 정화수를 떠서 놓고 어머니들이 치성드리기도 했다. 장을 만들거나 치성을 드리는 그 마음 모두가 순수함을 상징한다.

쉼터로 가는 길

: 쉼터로 가는 길

바닷새 멀리 날고 수평선 위로 해가 내린다. 풍어(豐漁)의 꿈을 안은 고기
잡이배들이 돌아오는 시간, 등대가 길을 안내하고 있다. 아버지들은 손에
과일과 통닭을 들고 귀가했다. 집은 우리에게 쉼터이자 충전의 공간이다.
공터에서 뛰놀던 아이들도 아버지의 귀가하는 발걸음 소리를 따라 집으로
돌아왔다. 오늘 하루 수고한 그대여, 평안하시길!

신념

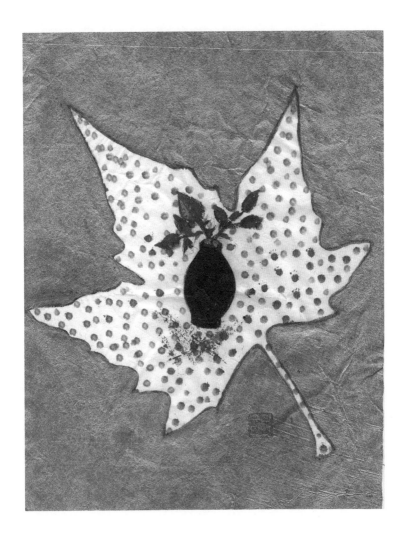

: 신념

물방울 하나가 바위를 뚫는다고 했다(水滴穿石, 수적천석). 신념은 물방울과 같지만 어쩌면 겨자씨처럼 작은 씨앗의 꿈일 수도 있다. 물방울이 바위를 뚫는다면 작은 밀알 하나는 단단한 땅에서 마침내 잎과 열매를 맺는다. 작은 씨앗 하나가 거대한 열매를 맺는 데서 신념의 참된 의미를 더욱 헤아려볼 수 있지 않을까? 나를 버림으로써 더 많은 나를 살리는 행위, 신념.

아늑함

: 아늑함

문풍지 우는 긴 겨울밤. 낙엽들은 흙으로 돌아가고, 먼 곳으로부터 싸락눈
이 소리 없이 다가왔다. 밤새 쌓인 눈에 아침이면 놀람의 탄성이 절로 나왔
다. 화로에 고구마, 밤을 묻어 구워 먹던 밤도 이제는 사라졌다. 사라진 것
은 무엇일까? 모두가 둘러앉아 옛이야기 듣던 '아늑함'의 시간이 문득문득
그리워진다.

아름다운 숲 · 1

: 아름다운 숲 · 1

숲으로 난 길은 어디나 아름답다. 크고 화려하지 않아서 더욱 마음이 편안한 길. 그 길 저편에서 우리를 반겨주는 숲. 소나무에 걸린 바람 한 점이 길을 안내한다. 잘 자란 들꽃들도 반가움을 전한다. 몸이 덩달아 맑아지고 발걸음도 가볍다. 아름다운 숲은 우리의 몸과 마음을 건강하게 키워준다. 오늘도 노래를 부르며 숲으로 간다.

아름다운 숲 · 2

: 아름다운 숲 · 2

산림청이 발표한 한 자료에 따르면 숲이 수행하는 중요한 기능들을 경제 가치(공익기능 가치)로 따지면 259조 원(2020년 기준)에 이른다고 한다. 녹색 댐으로도 불리는 숲은 홍수를 조절하며, 온실가스를 흡수하고, 산소를 만들어내며, 아름다운 경관을 제공한다. 이런 가치들은 물론 인간 중심적이지만, 자연의 숲이 우리에게 얼마나 중요한 선물을 주는지를 잘 보여주는 대목이다.

아름다움

: 아름다움

분홍색 꽃나무로 가득한 언덕길. 이 꽃길을 아름답다고 느끼는 사람이 있는가 하면, 별 대수롭지 않게 생각하는 이들도 있다. 인생길은 고통의 날들이 많기도 하지만 신비한 여정이다. 삶을 살아가면서 우리는 많은 만남의 순간을 가진다. 그 순간 '아름다움'을 볼 수 있는 것도 큰 미덕이다. 아름다움을 볼 수 있는 눈을 지녔다면 인생도 삶도 좀 더 풍요로워질 거다.

안락함

: 안락함

흙이 고운 어느 산길을 걸었을 때의 기억이 떠오른다. 피톤치드를 가득 뿜어내는 산길. 기분이 좋아져서 맨발로 걸었다. 발에 전해지는 부드러운 촉감. 온몸이 편안해진다. 몸과 마음이 편안하고 즐거운 상태를 '안락하다'라고 말한다. 우리 인생길에서 '안락함'을 경험한다는 것은 어떤 의미일까? 단순히 배부르고 즐거운 상태만을 뜻하지 않을 테니 말이다.

애정

: 애정

담벼락에 작은 국화꽃이 피어올랐다. 화분이나 화단에서 자란 꽃이 아니라 어디선가 꽃씨가 날아와 스스로 자라난 꽃이다. 사랑은 자기 자신부터 사랑할 줄 아는 데서 시작한다. 밤새 담장에 기대 흙을 뚫고 자라난 저 꽃을 보라. 그는 지독하게도 자신을 사랑할 줄 아는 자여서, 그가 피워낸 꽃향기는 은은히 멀리 모든 것을 사로잡는다.

어둠 속에 빛남

: 어둠 속에 빛남

낭중지추(囊中之錐)라는 말이 있다. '주머니 속의 송곳'이라는 뜻으로 재능이 뛰어난 사람은 숨어 있어도 저절로 남의 눈에 드러난다는 의미다. 밤에 홀로 저렇게 빛내는 이들은 누굴까? 평범하기 그지없는 이들이 밤의 어둠 속에서 환하게 등불처럼 타오르고 있다. 누구를 맞아주는 것인지 그가 기다려왔을 시간의 깊이가 궁금하다.

여유

: 여유

숲길을 걷는다는 것은 마치 고요 속을 걷는 일과 같다. 물론 발걸음 소리, 숲을 스치는 바람 소리가 완전한 고요를 방해하긴 하지만, 산책자의 마음 속은 고요로 가득할 것이다. 삶의 여유는 더 가져서가 아니라 덜어내는 데 서 오는 것인지도 모른다. 오솔길을 따라 걸어가면서 마음속에 다투던 것 들을 하나둘 내려놓는다.

영원한 사랑

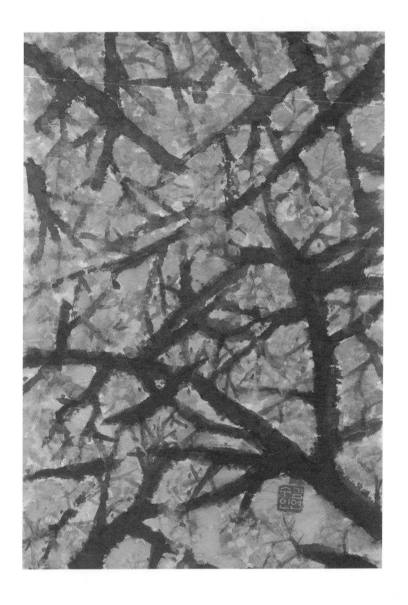

: 영원한 사랑

은행나무의 꽃말에는 '장수'도 포함되어 있다. 흥미롭게도 은행잎에서 추출한 물질이 혈액순환 개선제로 쓰인다고 하니 '장수'라는 꽃말이 붙은 것도 그럴듯하다. 노랗게 물들어 가는 은행나무 아래에서 사랑을 약속하면 어떻게 될까? 어느 공원에 매달린 '사랑의 약속' 열쇠들의 주인공들은 아직도 서로 사랑하고 있을까? 영원한 사랑이 무엇인지 다시 생각해 본다.

우아함

: 우아함

우아함은 아름다움의 총체라 할 수 있다. 겉만 아니라 내면 깊숙한 곳까지 아름다울 때 우아하다고 할 수 있으니 말이다. 가을꽃들은 뜨거운 여름을 이기고 자신의 모습을 빚어낸다. 곧 다가올 겨울도 아랑곳하지 않고 최선을 다해 꽃으로 피어난다. 그가 여름날 흘렸을 땀방울, 노력 그 모든 것의 결정체이기도 하다.

일편단심

: 일편단심

해바라기의 꽃말 가운데 하나가 '일편단심'이다. 태양을 향하는 그 뜨거운 마음에서 사람들은 일편단심을 읽어냈을 것이다. 어떻게 변치 않는 마음을 간직할 수 있을까? 자연은 우리에게 질문을 던진다. 한결같은 참된 정성, 변치 않는 참된 마음은 무엇이며, 어떻게 그 마음을 간직할 수 있냐고 말이다. 해바라기 앞에서 오늘 다시 '참된 마음'의 의미를 묻는다.

자연의 신비

: 자연의 신비

경기도 연천에 가면 재인폭포가 있다. 북쪽에 있는 지장봉에서 흘러 내려온 작은 하천이 높이 약 18m에 달하는 현무암 주상절리 절벽으로 쏟아지는데, 볼수록 놀라운 장관이다. 어쩌면 폭포는 자연이 보여주는 신비한 얼굴일지도 모른다. 크기나 모양, 폭포수의 물줄기 등 모든 것이 넋을 잃게 만든다. 쉼 없이 직진 하강하는 거대한 물줄기에 압도된다.

잔잔한 호수

: 잔잔한 호수

버드나무 아래 물오리 한 마리가 연꽃 사이로 유유히 노닐고 있다. 연꽃이 핀 것으로 보아 계절은 6~7월, 뜨거운 여름이다. 바람도 약하게 불어 버드나무 잎도 작게 흐느적거린다. 호수에 비친 하늘 구름, 그런데 다른 물오리는 어디로 갔을까? 잔잔한 수면 위에서 다른 짝이 나타나길 기다리는 것인지…. 버드나무만 계속 바람을 타고 속삭인다.

제주 여행

∶ 제주 여행

제주특별자치도 서귀포시 안덕면 감산리에 가면 '박수기정'을 만날 수 있다. 제주의 주상절리대로 조용하고 한적한 어촌마을을 옆에 두고 있다. 제주 올레 9코스로도 잘 알려져 있다. 주상절리는 한탄강, 임진강 일대가 유명하지만, 제주의 박수기정도 그에 못지않다. 자연의 신비와 함께 제주가 얼마나 아름다운 곳인지를 보여준다.

찬란한 빛

: 찬란한 빛

복사꽃 피는 4월은 눈부시다. 차가운 겨울을 이기고 찾아오는 매화가 다 지고 난 뒤인 3월 중순쯤부터 4월 상순경까지 복숭아꽃이 피어난다. 그다음이 벚꽃이니, 매화와 벚꽃 사이에 복숭아꽃이 피는 셈이다. 복숭아꽃이 만발한 과수원을 거닐면 꽃 숲이 만들어내는 찬란한 빛에 취하게 된다. 눈부신 분홍의 색들이 묘한 설렘까지 선사한다.

첫눈

: 첫눈

살포시 내리는 첫눈. 늘 소녀 같은 마음으로 느낄 수 있어 좋다. 함박눈이 아니라 해도 내리는 첫눈에 대한 감상의 느낌은 같다. 어린 시절 크리스마스카드 그림에도 눈 내리는 정경을 빼놓지 않고 그리게 된 것도 첫눈의 그리움 때문이다.

초여름

: 초여름

사계절이 있고 계절마다 풍성한 과일을 먹을 수 있는 우리나라도 언제부터
인지 초여름을 느끼기도 전에 열대지역처럼 변해 가는 원인은 자연의 흐
름이 아니라 인공적인 흐름이 아닐까? 초봄, 초여름, 초가을… 점점 흐려져
가는 계절이 아쉽기만 하다.

초저녁 신비

: 초저녁 신비

자작나무 숲이 인기다. 인제 원대리의 자작나무 숲은 순백의 숲으로 사람들에게 인기를 끌고 있다. 눈 내린 겨울 자작나무 숲 못지않게 잎이 물들어가는 가을의 그 숲도 황홀하다. 초저녁 석양의 그림자를 안은 숲이 만들어내는 화음들, 마치 그 숲으로 가는 모든 길이 음악 소리를 내는 것처럼 저녁은 숲에서도 인가에서도 신비롭기만 하다.

추억과 낭만

: 추억과 낭만

가을이면 멀리 여행을 떠나지 않아도 집 근처에서 열리는 하늘공원의 억새 축제를 맞을 수 있다. 하늘과 맞닿을 듯 강한 은빛으로 축제를 찾은 가족과 연인들에게 추억과 낭만의 장소를 제공한다. 그들만의 추억을 촬영하며 즐거워하는 모습을 보면 나 역시 힐링이 된다.

침묵 · 1

: 침묵 · 1

'침묵은 금'이라는 말이 있다. 고대 그리스의 웅변가인 데모스테네스가 이 말을 했다고 하는데, 사실 그 시절에는 금보다 은이 훨씬 더 가치가 있었다고 한다. 그가 했던 말은 "아테네 시민 여러분, 여러분도 나처럼 계속해서 말을 하세요. 침묵은 금의 가치밖에 없지만, 웅변은 은처럼 큰 가치가 있답니다."였다고 한다.

침묵 • 2

: 침묵 · 2

다른 이들과의 소통이 강조되고 있는 오늘날, 침묵은 더는 금이 아니다. 물론 말을 아껴서 신중하게 해야 하는 것도 맞다. 언덕 비탈을 가득 채운 꽃들과 잘 자란 나무들이 조용히 있는 것처럼 보이지만 이들은 서로 속삭이며 응원한다. 벌과 나비도 날아와 꿀을 담고 수분을 돕는다. 말이 없는 것처럼 보이지만 지금 이들은 자신을 한껏 드러내는 중이다.

투쟁

: 투쟁

해변의 바위들은 대부분이 울퉁불퉁, 둥그런 모습을 더는 하고 있지 않다. 파도와 바람 때문이다. 이들은 태초부터 서로 싸우고 있다. 파도는 끊임없이 공격하고, 바위는 철석같이 방어한다. 그런데 이들의 싸움, 투쟁은 소란스럽지 않다. 집요하면서도 거룩하다. 밤낮없이 다투다가 화해하는 것 같지만 다시 서로 맞서며 새로운 생명을 잉태한다.

평안

: 평안

문밖의 세상은 시끄럽고 위태롭다. 성경 누가복음에서는 "어느 집에 들어
가든지 먼저 말하되 이 집이 평안할지어다 하라."(누가복음 10:5)라고 가르
친다. 평안은 평화(peace)와 같은 말이다. 평화가 있을지라! 문밖을 나선다
는 것은 낯선 세계와 부딪침이다. 나무 우거지고 꽃이 만발한 푸른 대문 안
에 평안을 누리는 모습, 모두가 바라는 모습이리라.

풍성

: 풍성

가을은 수확의 계절이다. 풍성한 결실을 맛보는 계절이란 뜻이다. 풍성하
다는 것은 이렇듯 거둔 곡식이 넉넉하고 많아, 마음에 여유가 넘치는 것을
뜻한다. 한편으로는 자연이 주는 열매들에서 풍성함이 무한대로 넘치는
것은 아니라는 걸 알게 된다. 노력한 만큼 결실을 거둘 수 있다는 뜻이다.
함께 수고한 이들과 자연이 베풀어준 선물의 의미를 생각할 때다.

한가로움

: 한가로움

소나무 몇 그루 서 있는 절벽 아래로 강줄기가 보인다. 고요하면서도 정적이 감도는 이 풍경에서 '한가로움'을 발견하기란 어려운 일이 아니다. 한가(閑暇)는 '겨를이 생겨 여유가 있다'라는 의미다. 겨를은 '어떤 일을 하다가 생각 따위를 다른 데로 돌릴 수 있는 시간적인 여유'를 말한다. 소나무 둥치에 앉아 고요히 흐르는 강줄기를 바라보면서 생각을 다른 데로 돌려 보자.

행복한 사랑

: 행복한 사랑

장미의 꽃말은 '사랑'이다. 흔히 사람들은 완전한 사랑을 강조해서 장미꽃 백 송이를 선물하기도 하는데, 사실 완전한 사랑보다 더 값진 것은 '행복한 사랑'이다. 행복한 사랑은 지금, 이 순간을 중시한다. 바로 지금 뜨겁게 누군가를 사랑하고 사랑받는 것만큼 가슴 뛰는 일이 또 있을까? 행복한 사랑을 해야 완전해질 수 있다.

행운

: 행운

네잎클로버의 꽃말은 '행운'이다. 사실 클로버 잎 한 장 한 장에는 성실(믿음), 희망, 사랑이라는 의미가 담겨 있다고 한다. 행운은 의지나 노력과 상관없이 어쩔 수 없이 생기는 일을 의미한다. 그림 속에는 해바라기꽃 안에 클로버가 담겨 있다. 의지나 노력과 상관없이 찾아오는 행운을 진짜 값있게 만드는 것은 성실, 희망, 사랑을 지녔을 때라는 걸 잊어서는 안 된다.

행운과 함께

문제는 행운이 우리를 찾아왔을 때다. 성실, 희망, 사랑을 품고 있지 않았을 때 찾아온 행운은 오래가지 못한다. 로또 당첨자들이 엄청난 상금을 챙기고서도 불운한 삶을 산다는 뉴스도 있다. 행운이 더욱 빛나려면, 그것이 오랜 고난의 여정에서 아름다운 것이 되려면, 함께하는 무엇이 있어야 한다. 자신에 대한 신뢰와 믿음, 따뜻한 가족과 벗, 이웃이라는 존재다.

환영

: 환영

사막을 살아가는 이들은 낯선 이들을 환대하는 문화가 있다고 한다. 서로 적으로 여기고 죽자 살자 싸우는 것보다 효율적인 문화적 선택이라고 할 수 있다. 우리도 낯선 이들을 배척하지 않고 그에게 손을 내밀었다. 누군가를 반갑게 맞아준다는 것, 그것은 낯선 문화에 기꺼이 손을 내밀고 이해하겠다는 뜻이기도 하다. 다문화가정이 늘고 있는 지금, 환영(歡迎)의 의미를 생각해 본다.

환희

: 환희

인생을 살면서 맛볼 수 있는 큰 기쁨의 순간은 얼마나 될까? 아이가 자라
좋은 대학에 들어갔을 때, 원하는 직장에 취직했을 때, 좋아하는 이와 결혼
하게 될 때, 집을 장만하게 됐을 때…. 기쁨의 순간, 환희의 노래를 부를 수
있는 순간이 물질적인 것에만 머무는 것은 아닌지 돌아볼 일이다. 잎이 나
고 꽃이 피는 자연의 질서에서 우주의 법칙을 볼 수 있어야 한다.

희로애락

: 희로애락

시인 김수영은 「폭포」에서 "번개와 같이 떨어지는 물방울은 / 취(醉)할 순간
(瞬間)조차 마음에 주지 않고 / 나타(懶惰)와 안정을 뒤집어 놓은 듯이 / 높
이도 폭도 없이 / 떨어진다."라고 묘사했다. 자연의 신비인 폭포 앞에서 인
생 나그네가 겪는 희로애락을 돌아본다. 기쁨, 성냄, 사랑, 즐거움 이 모든
게 폭포 앞에서 한없이 작아진다.

희망 • 1

: 희망 · 1

꽃씨 하나가 자라 우뚝 솟은 해바라기가 됐다. 희망을 찾아 발버둥 치던 때가 있었다. 저기 홀로선 해바라기를 보니 희망은 어쩌면 씨앗 하나로 나에게 오는 우주의 힘인지도 모르겠다. 모든 것을 내어주고 완전히 죽고 난 뒤에 보란 듯이 피어난 꽃송이 하나 때문에 다른 꽃들도 눈부시다. 오늘 희망 하나를 다시 심어야겠다.

희망 · 2

：희망 · 2

희망은 푸른 하늘을 향해 노랗게 피어나는 꽃이다. 우람한 소나무 아래 모두가 어깨동무하고 자유의 하늘을 우러러보면서 피어난다. 개나리꽃처럼 서로 견고히 어깨를 맺고, 비바람에 부서지지 않고, 이윽고 일제히 함성을 지른다. 내가 지닌 희망 한 자락도 저렇게 견고하게 서로서로 어깨를 맞대고 단단히 피어나고 있을까?

희망의 숲

: 희망의 숲

그런 숲이 있다는 말이 들려온다. 아픈 사람들이, 상처 입은 사람들이, 죽음과 같은 고통 속에서 헤매던 사람들이, 내일이 오는 게 두렵다던 사람들이 치유 받고 다시 일어서는 숲이 있다고 한다. 그 숲에는 어떤 위로와 사랑이 에워싸고 있을까? 그 숲은 어떻게 다친 사람들을 일으켜 세우고 힘을 북돋아 줄까? 희망의 숲으로 가는 길을 찾아보고 싶다.

희망의 시작

: 희망의 시작

희망의 숲을 지나면 전나무 숲길 같은 고요와 평안의 오솔길이 나올 것이다. 거기서부터 희망의 숲에서 만난 무수한 위로의 말들과 건네준 용기들을 벗 삼아 다시 먼 길을 나설 수 있을 것이다. 두렵고 낯선 세계지만, 숲이 말해준 담대함, 진정한 용기, 사랑과 헌신으로 내면의 참된 나를 돌아보게 될 것이다.

힘차게 시작

: 힘차게 시작

자, 이제 다시 힘차게 비상해 보자. 멀리 가는 철새들처럼 서로 응원하면
서, 막 수평선 위로 얼굴을 내민 첫 우주의 태양처럼, 우리들의 새로운 출
발을, 시작을 알리자. 가슴 뛰는 인생길, 넘어지고 깨어지고 산산조각이 났
지만, 희망의 숲을 지나온 우리, 모두 붉은 해를 심장에 담고 힘차게 나아
가자!